오늘은
여기까지
착할게요

내 양심에 비추어 떳떳해야 한다.
온 우주를 향해서도 떳떳해야 한다.
이런 생각을 품은 이상,
한 인간으로서 나는 착한 사람이다.

오늘은 여기까지 착할게요

초판 1쇄 발행 2021년 6월 4일
초판 4쇄 발행 2024년 4월 1일

왕수펀 **글** | 류희정 **옮김**

편집장 천미진 | **편집** 최지우, 김현희
디자인책임 최윤정 | **마케팅** 한소정 | **경영지원** 한지영

펴낸이 한혁수 | **펴낸곳** 도서출판 다림 | **등록** 1997. 8. 1. 제1-2209호
주소 07228 서울시 영등포구 영신로 220 KnK 디지털타워 1102호
전화 02-538-2913 | **팩스** 070-4275-1693 | **전자 우편** darimbooks@hanmail.net
블로그 blog.naver.com/darimbooks | **다림 카페** cafe.naver.com/darimbooks

ISBN 978-89-6177-260-0 (43820)

오늘은 여기까지 착할게요

왕수펀 글 류희정 옮김

다림

| 차례 |

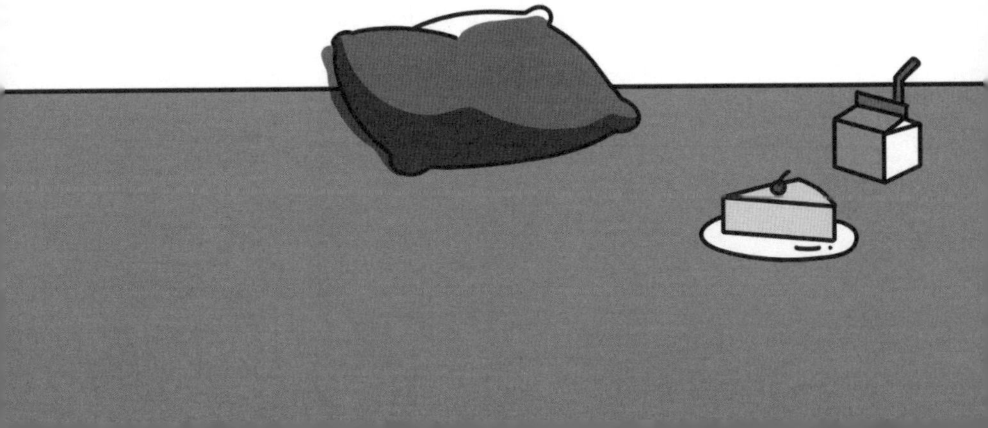

착한 장량잉의 이야기

내 이름은 장량잉이다. 사람들은 내가 착한 아이라고 입을 모은다. 정말 그런가? 막상 나는 그렇다고 생각한 적이 없다. 치밀하게 계산된 선행도 과연 착하다고 할 수 있을까? 설사 무언가 꿍꿍이가 있다고 해도 누군가를 해치려는 게 아니라면 괜찮겠지. 친구들은 내가 이런 생각을 하는 것만으로도 착한 게 틀림없다고 했다.

내가 보는 선행의 가장 큰 장점은 만사가 한결 단순해진다는 거다. 내게 부탁할 게 있다고? 얼마든지 들어주지. 그까짓 것 바로바로 도와주면 귀찮게 실랑이할 일도 없을 테니까.

"야, 장량잉, 내가 놀라운 사실을 발견했어."

모퉁이를 돌아 계단을 오르려던 순간, 듣기만 해도 짜증이 나는 목소리가 들려왔다. 다만 그 목소리의 주인공은 자기가 미움받고 있다는 사실을 전혀 눈치채지 못한 채 신나게 떠들어 댔다.

“《미움받을 용기》라는 베스트셀러 책 말이야. 앞뒤가 안 맞는 것 같아. 사람들이 미움받을까 봐 두려워하는 이유는 종종 미움받는다고 느끼기 때문이겠지. 그 말은 곧, 누군가를 미워하는 사람이 많다는 뜻이잖아? 그러니까 결국 사람들은 자기가 미움받을까 봐 두려우면서도 누군가를 미워하고 있다는 거고. 정말 이건 모순이지 않냐?”

정신을 혼미하게 만드는 이 말장난 같은 논리는 둘째 치고, 옆 사람이 싫어하건 말건 아랑곳하지 않은 채 침방울을 튀기며 무슨 대단한 연설가처럼 떠드는 녀석의 얼굴에는 이렇게 쓰여 있는 듯했다.

‘어서, 어서 날 미워해 줘!’

하지만 나는 차마 다른 아이들처럼 눈을 부라리며 자리를 뜰 수가 없었다. 심지어 연신 고개까지 끄덕이며 녀석이 하는 말에 동의했다.

난 착하니까. 착한 사람이 남을 미워하면 되겠어? 그랬다간 내가 미움을 살 텐데.

엄밀히 따지자면, 나는 ‘밉다’라는 말을 녀석에게 쓰지도 못할뿐더러 오히려 녀석이 다른 애들한테 미움받을까 봐 걱정하고 있다. 그래서 난 녀석이 애들의 기피 대상이라는 사실을 한시도 잊지 않는다. 녀석을 구해 줘야 하니까. 대체 무슨 말인지 누가 들어도 머리가 지끈지끈할 거다. 고양이가 헝클어 버린 실뭉치처럼 뒤죽박죽 얽힌 이런 오만 가지 생각에 가끔은 나조차 헷갈린다.

잘난 연설가 페이쥔 녀석이 우리 반에 전학 오던 날부터 이야기를 시작해 볼까 한다. 그러니까 7학년• 2학기의 어느 날이었다. 그날 담임 선생님은 가오슝에서 타이베이로 막 전학 온 한 학생의 뒷덜미를 잡고 있었다. 마치 닭을 잡듯 움켜쥔 채 우리 7학년 1반 교단 앞에 세웠다.

"자기소개 해."

선생님은 언제나 간결하게 말했다. 한마디로 충분한 말에 굳이 설명을 덧붙이는 일은 절대로 없었다. 선생님은 그게 '효율적'이라고 했다.

그 전학생은 낯설고 두려운 곳에 막 도착한 닭의 모습과는 거리가 멀었다. 오히려 방긋 웃으며 우렁차게 입을 뗐다.

"안녕. 헤헤, 절은 안 해도 되지?"

그런 썰렁한 농담을 던지고 녀석은 다시 말을 이었다.

"내 이름은 양페이쥔, 준수한 남자라는 뜻이지. 하하하."

그 순간 누군가 조그맣게 큼큼 헛기침했다. 다분히 의도적으로 말이다. 그 이유는 나 역시 짐작하고도 남았다.

난 그날 바로 직감했다. 앞으로 녀석의 별명은 '노잼 인간'이 될게 틀림없다고.

선생님은 이제 자기가 할 일이 끝났다고 생각했는지 그 노잼 인간한테 내 옆자리에 앉으라고 턱짓했다. 리이샨이 전학을 가는 바

• 대만의 초·중·고 학제는 6년·3년·3년이다. 7학년은 우리나라 중학교 1학년에 해당한다.

람에 빈자리였기 때문이다.

페이쥔은 나를 보며 활짝 웃고 있었다. 나도 예의를 차려 고개를 끄덕였다.

참, 내 평생 가장 모자라지 않으며 온 힘을 다해 지키는 게 바로 예의다. 난 착하기로 유명한 사람이니까.

종종 지난날을 돌이켜 보곤 한다. 이 모든 게 대체 어떻게 시작된 걸까? 설마 우리 아빠 엄마한테 착한 유전자가 있어서 물려받은 건가? 난 어려서부터 원래 이렇게 예의 바르고 착했나?

정말로 그러냐고? 아니, 실은 전혀 아니다! 엄마를 따라 시장에 장 보러 갔을 때가 생각난다. 상인들한테 바가지라도 쓸까 봐 일부러 센 척하던 엄마의 모습이 내 눈엔 무척 우스꽝스러워 보였다. 엄마는 딱히 인정이 넘치는 편은 아니다. 그건 아빠도 마찬가지다. 아빠는 엄마한테 늘 이렇게 당부하곤 했다.

"거리에 불쌍한 사람이 있어도 아예 눈길도 주지 마. 신종 사기 수법이니까."

내가 착하다는 걸 스스로 깨달은 게 언제였더라? 정확한 시점은 가물가물하다. 그래도 초등학교 6학년 때의 그 일만큼은 지금도 생생하다.

어느 날 학교에서 작가 강연회가 열렸고, 에어컨 바람이 시원한 강당에 6학년 학생 전체가 모였다. 에어컨을 세게 틀어서였는지 평소 괴상한 장난을 일삼던 몇몇 남자애들마저 그날따라 얌전히 의자에 앉아 잡담조차 하지 않았다. 그러다 보니 난 그 작가의 말을 하나도 빠짐없이 집중해서 들을 수 있었다. 물론 그렇다고 진짜로 한 글자도 빠짐없이 되새길 순 없지만 몇 가지 핵심적인 내용은 고스란히 기억한다.

첫째, 사람은 본래 착하다.

둘째, 착한 사람은 어디에서든 환영받는다.

셋째, 착한 행동에는 여러 종류가 있지만 착한 척 꾸미는 건 나쁘다.

넷째, 여자들은 착한 남자를 대체로 좋아한다. 돈 많고 잘생긴 남자는 이제 한물갔다.

나는 사실 네 번째 항목을 듣고서야 귀가 번쩍 뜨였고 그때부터 강연 내용에 온 정신을 집중했다. 그래서 솔직히 앞의 세 항목은 내가 나중에 추측한 거다.

그 작가는 왜 6학년 아이들에게 그런 얘기를 했을까? 아마도 자신의 작품과 관련이 있었던 것 같다. 강연이 끝난 후 나는 도서관에서 그의 책을 찾아봤다. '여자들은 착한 남자를 대체로 좋아한다.'라는 내용이 어느 대목에 나오는지 확인하고 싶었다. 하는 수 없이 그의 소설을 몽땅 빌려다가 샅샅이 읽었다.

말이 나와서 말인데, 벌써 눈치챈 사람도 있겠지만 난 절대로 문학 소년은 아니다. 그즈음 마침 좋아하는 여자애가 있었고, 작가가 내놓은 '연애 지침'이 제법 그럴싸하게 여겨졌을 뿐이다.

그런데 어떻게 해야 그 여자애가 한눈에 내가 착하다는 걸 알아봐 줄까? 운 좋게도 며칠 후에 기회가 찾아왔다. 선생님이 우리더러 도서실에 가서 책 상자를 저학년 교실까지 옮겨 줄 사람이 없냐고 물었다. 나는 이때다 싶어서 손을 번쩍 들었다. 이런 선행이라면 내가 착한 애라는 걸 틀림없이 증명해 줄 테니까.

뜻밖에도 내 옆자리의 차이렌화 녀석도 손을 들더니 큰 소리로 이런 말까지 덧붙였다.

"제발 저를 보내 주세요. 다음 수업이 사회인데 쪽지 시험 준비를 못 했어요."

온 교실에 웃음이 터졌다. 녀석은 원래 우리 반의 개그 담당이다. 그런데 녀석 때문에 나까지 시험을 피해 도망간다는 오명을 뒤집어쓰는 것 아냐?

그때 선생님이 말했다.

"차이렌화, 시끄러워. 네가 머리 굴리는 거 선생님이 모를 것 같냐? 장량잉을 보고 좀 배워라. 늘 저렇게 친절하고 착하잖아."

선생님이 나를 보며 돌연 이렇게 지시했다.

"장량잉, 네가 차이렌화를 데리고 가서 도와주고 와."

차이렌화가 바로 말을 받았다.

"감사합니다, 장량잉 형님."

교실이 또 한차례 웃음바다가 됐다. 그때부터 나는 선생님이 직접 인정하고 반 전체가 다 아는 '착한 장량잉 형님'이 됐다.

착한 사람이 되면 어떤 점이 좋고 나쁘냐고? 딱히 주의 깊게 생각한 적은 없다. 다만 내가 마음에 두고 있던 그 여자애가 날 돌아보며 미소를 지었다.

어쩌면 그 미소를 본 순간 '착하다'라는 단어가 나의 대뇌 해마에 새겨져서 품성에 영향을 주었는지도 모르겠다.

선생님은 대체 언제부터 나를 착한 아이의 범주에 넣은 걸까. 한동안 곰곰이 생각해 봤는데 도저히 알 수가 없었다. 내가 좋아했던 여자애는 초등학교 졸업 후에 다른 도시로 전학을 갔다. 다시는 볼 수 없게 되자 나도 그 애를 점점 잊게 되었다. 선생님이 어쩌다 나를 착한 아이로 여기게 됐는지 그 근원을 캐는 일도 하지 않게 되었다. 다만, '착한 일을 하면 미소 한 번을 얻을 수 있다.'라는 사실만은 내 머릿속에 단단히 자리 잡았다.

결론은, 나는 선천적인 착한 사람이 아니라는 거다.

그나저나 착한 성품에 굳이 선천적인지 후천적인지를 따질 필요가 있을까? 갑자기 어떤 상황을 맞닥뜨릴 때 '이번에는 착하게 처신하고 다음엔 못되게 굴어야지.' 하고 구분해서 즉각 행동하기는 어려울 것 같다. 우리가 보이는 반응은 '습관'에서 나오는 게 아닐까? 일단 착하게 행동하기 시작하면 그게 습관으로 굳어지는 거고.

지금 옆에서 걷고 있는 페이쥔이 바로 요즘 내 선행의 대상이다. 녀석이 "결국 사람들은 자기가 미움받을까 봐 두려우면서도 누군가를 미워하고 있다는 거고. 정말 이건 모순이지 않냐?" 하고 말을 마쳤을 때 우리는 과학실 문 앞에 이르렀다. 녀석은 내 대답을 기다리지도 않고 과학실 안으로 쑥 들어가 버렸다. 과학을 신봉하는 페이쥐런 녀석은 과학 시간마다 가장 먼저 과학실에 들어가서 맨 마지막으로 나온다. 과학 담당 지엔 선생님도 녀석을 몹시 예뻐해서 "어떻게 하는지 페이쥐런이 시범을 보여 줄래?", "페이쥐런은 어떻게 생각하니?"라는 말을 입에 달고 살 정도다.

녀석이 총애를 받는다고 질투하는 아이는 단 한 명도 없다. 아마도 지엔 선생님의 관심을 바라는 아이가 우리 반에 아무도 없기 때문일 거다. 지엔 선생님은 나이도 많고 머리숱도 적다. 옷도 아무렇게나 꾀죄죄하게 입는다. 남들은 두꺼운 외투로 휘감고 다니는 한겨울에도 반바지를 입고 샌들을 신는가 하면, 신발 끈도 제대로 묶지 않은 채 따닥따닥 소리를 내며 실험 테이블 사이를 걸어 다녔다. 그 소리에 나까지 정신이 산란해져 종종 계량 저울을 건드려 저울이 뒤집히곤 했다. 그때마다 지엔 선생님은 나를 힐끗 쳐다보고는 기괴하게 웃으며 물었다.

"너 연애하냐?"

어떤 상황에서든 지엔 선생님의 반응은 무조건 그 한마디였다. 우리는 질릴 대로 질린 나머지 아무도 웃지 않았고 부끄러워하거나 당황하지도 않았다. 물론 페이쥐런 녀석만이 매번 배를 잡고 웃으며 말했다.

"선생님, 쟤 여자 친구 없어요."

페이쥐런은 얼마 전부터 한 과학 연구 프로젝트에 머리를 싸매고 있다. 심지어 쉬는 시간에도 과학실로 달려갔다. 지엔 선생님이 썩 괜찮은 조언을 많이 해 줘서 자신의 암흑 물질• 연구에 참고할 만하다면서 말이다. '썩 괜찮은 조언'도 모자라 '참고할 만하다.'라니. 그렇다, 녀석은 자기가 자신 있는 과목에 대해서라면 겸손할 줄 모른다. 게다가 본인의 과학적 대발견을 자랑스럽게 떠들어 대기까지 했다.

그런데 오늘은 분위기가 조금 이상했다. 나는 과학실에 들어간 후에야 페이쥔의 낯빛이 어두워진 것을 알아챘다. 고개를 들어 둘러보니 교탁 뒤에 앉아 있는 사람은 지엔 선생님이 아니라 젊은 여자였다.

"지엔 선생님은요?"

페이쥔이 다가가 물었다. 상대가 대답할 틈도 주지 않고 녀석이 큰 소리로 또 물었다.

"혹시 휴가 가셨어요? 제 연구 리포트는 다 보셨을까요? 가져가서 더 고쳐야 하는데."

그 젊은 여자는 녀석을 한 번 째려보더니 아무 대꾸도 하지 않은 채 교무 수첩에 도로 눈길을 돌렸다. 하는 수 없이 자리로 돌아온 페이쥔이 잔뜩 화가 난 얼굴로 말했다.

"장량잉, 내 리포트는 말이지, 미국 항공 우주국에서 최근에 발표한 내용을 인용해서 썼거든. 너도 볼래? 이해가 안 되는 부분이

● 우주에 널리 존재할 것으로 추정되지만 빛을 내지 않아 보이지 않으며 정체가 알려지지 않은 물질.

있으면 내가 설명해 줄게."

고맙다는 말 외에 내가 달리 뭐라고 할 수 있을까.

반 아이들이 하나둘 과학실에 들어왔다. 보아하니, 지엔 선생님이 없다고 궁금해하는 녀석은 아무도 없는 것 같았다. 오직 페이쥔만이 교탁 뒤 지엔 선생님의 자리를 차지하고 앉은 정체 모를 여자에게 한껏 불만스러운 눈길을 보냈다.

"출석 부를게."

수업 시작종이 울리자 그녀가 무표정하게 입을 뗐다.

아이들은 별다른 반응을 보이지 않았지만 페이쥔 혼자 포기를 모르고 다시 물었다.

"지엔 선생님은요?"

"너한테 말하라고 안 했으니까 조용히 해."

난데없이 꾸짖는 소리가 들리자 반 아이들이 일제히 고개를 들어 그 젊은 여자를 응시했다.

아니, 다시 보니 예쁘장한 마녀처럼 보였다. 두 눈에서는 불꽃이 뿜어져 나왔고 한쪽으로 삐뚤어져 올라간 입술에서는 우리를 향한 무시와 짜증이 드러났다. 그녀가 한 번 더 강조했다.

"출석부터 부르고 이따가 설명해 줄게. 불만 있니? 선생님들이 오냐오냐한 애들은 다 좋은데 버릇이 없다니까."

목소리까지 앙칼진 게 영락없이 마녀였다. 예쁜 여선생님에겐 안된 일이지만 앞으로 아이들에게 어떤 별명으로 불릴지는 안 봐도 뻔했다. 고개를 들자 내 오른쪽 앞에 앉은 다천이 샤오리에게 혀를 날름 내보이는 모습이 보였다.

알고 보니 지엔 선생님은 은퇴를 신청한 거였다. 그래서 8학년부터는 예쁜 마녀 선생님이, 아니 두메이셴 선생님이 과학을 맡을 거라고 했다. 두메이셴 선생님은 생물학을 전공했으며 이제 대학원을 갓 졸업했다.

선생님이 말을 마쳤다. 옆에 앉은 페이쥔의 온몸이 녀석의 '암흑 물질'처럼 암흑 속에 둘러싸여 있음을 느꼈다. 암흑 물질이 뭔지 잘 모르고 알고 싶지도 않지만 말이다. 녀석이 나직이 중얼거렸다.

"생물학은 싫은데. 너무 실용적인 과학은 영감을 불러일으키지 않아. 도전할 게 없잖아."

수업 시간 내내 두메이셴 선생님은 여왕의 자태로 수업을 했다. 사실 선생님은 아주 열정적으로 가르쳤고 수업 준비도 꼼꼼히 한 게 보였다. 교과 내용을 조리 있고 명확하게 설명한 데다 시간도 딱 맞춰서 정시에 수업을 마쳤다! 지엔 선생님은 수업이 늘어지기 일쑤였는데 말이다.

수업이 끝나자마자 아이들은 뒤도 안 돌아보고 과학실을 나갔다. 다들 열차가 철로를 바꾸듯 자연스럽게 두메이셴 선생님을 받아들인 듯했다. 아무도 지엔 선생님을 딱히 그리워하지 않는 탓일 거다. 하지만 페이쥔만은 예외였다. 녀석은 어두운 얼굴로 어깨를 축 늘어뜨린 채 걸음을 떼며 한숨을 쉬었다.

"이제 누구랑 위대한 과학을 얘기하지?"

나는 녀석의 어깨를 두드리며 위로했다.

"두메이셴 선생님도 괜찮을 거야. 석사 학위도 있다잖아. 지엔 선생님은 그냥 학부 출신이었던 것 같은데."

페이쥔이 갑자기 나를 쏘아봤다.

"그냥 학부? 너 대졸자를 무시하는 거야? 편견이야 편견. 학력이 좋다고 실력도 좋다는 법은 없잖아?"

난 그저 녀석을 위로하려던 건데! 정말이지 스스로 미움받길 자초하는 녀석이다. 한숨을 뱉으며 서둘러 교실로 향했다. 복도를 걸으며 속으로 생각했다.

'상황 파악을 못 한다는 말은 네 녀석한테 쓰라고 생겼나 보다.'

교실에 들어서자마자 다천이 내 머리를 툭 치며 말을 걸었다.

"야, 장량잉, 네가 해 줄 일이 있어."

"뭔데?"

내가 시큰둥하게 대답했다.

녀석이 하늘색 봉투에 담긴 편지 한 통을 내밀었다. 짓궂은 장난을 치려고 특별히 준비했다면서 말이다. 그러더니 웃음기 가득한 얼굴로 말을 이었다.

"이거 연애편지인데, 판판에게 전해 줘."

이 말을 듣고는 교실 안 아이들 모두가 웃음을 터뜨렸다. 다천의 왼쪽에 앉아 있던 판판을 포함해서 말이다.

판판이라는 이름은 독특해서 듣자마자 외웠다. 사실 이름보다 사람 자체가 더 특이한 여자아이라 누구든 한 번 보면 금세 기억할 거다. 자리에서 일어난 판판이 하늘색 봉투를 휙 빼앗아 가더니 안에 든 편지를 꺼내려고 했다. 다천이 재빨리 도로 빼앗으며 소리쳤다.

“야, 장난이지. 너한테 주는 거 아냐. 이 세상에서 너랑 데이트하겠다는 사람은 아마 헐크밖에 없을걸.”

봉투에 쓰인 글자를 본 판판이 순순히 편지를 내게 돌려주며 웃었다.

“옆 반의 샤오펑한테 보내는 거구나.”

판판이 다천의 머리를 토닥였다.

“네가 보는 눈이 있구나, 나도 걔가 맘에 들던데.”

내 심장 소리가 쿵쾅쿵쾅 엄청나게 커졌다.

샤오펑은 우리 집의 아래층에 산다. 난 우리가 어릴 적부터 친한 단짝이라면 얼마나 좋을까 남몰래 생각했다. 그 애는 샤오펑●이라는 이름처럼 조그만 봉숭아를 닮았다. 화단 한쪽에서 하늘거리는 봉숭아는 아주 예쁘면서도 소박한 멋이 있어서 사람을 기분 좋게 한다. 엄마 말에 따르면 우리가 유치원 때는 종종 함께 놀았다고 했다.

그러나 지나간 유치원 시절이 다시 돌아올 리는 없다. 게다가 우린 같은 학교에 다니면서도 같은 반인 적이 없었다. 자주 만나며

● 중국어로 ‘작은 봉숭아’를 뜻함.

가까이 지내야 서로 호감이 싹틀 수 있을 텐데. 그저 나 혼자만의 짝사랑으로 그칠 수도 있지만 말이다. 엘리베이터에서 마주칠 때마다 그 애는 바닥만 쳐다봤고 나는 너무나 긴장한 나머지 입이 얼어붙었다.

조그만 봉숭아 같다는 말은 내가 그 애를 비유한 거다. 봉숭아는 우리 집 발코니에 한 줄로 빼곡히 자리 잡은 채 엄마가 주는 쌀뜨물을 먹고 자란다. 특히 여름 방학 때면 꽃이 알록달록 흐드러지게 피어서 무척이나 예쁘다. 꽃잎으로 손톱을 곱게 물들일 수도 있다. 문득 꽃말이 궁금해서 인터넷에 검색해 봤더니 '나를 건드리지 마세요.'였다. 에잇.

물론 나는 지금껏 한 번도 그 애를 건드린 적이 없다. 그 애는 자라면서 부끄럼을 더 많이 타는 것 같다.

그런데 지금 다천 녀석이 샤오펑과 사귀겠다고? 도대체 무슨 자신감이지?

다천은 됨됨이가 괜찮은 아이다. 큰형처럼 친구들을 곧잘 챙겨서 우리 반에서 나름 유명하다. 중학생이 된 첫날이었다. 아직은 다들 서로를 모르는 상태라 초등학교 때부터 알고 지냈던 몇몇 아이들끼리 모여 얘기를 나누고 있었다. 그들도 사실 딱히 친한 사이는 아니라서 마치 굽이에 가로막힌 시냇물처럼 대화가 뚝뚝 끊겼다. 낯선 곳에서 작은 마음의 위안을 얻으려고 조금이라도 연결 고리가 있는 사람에게 말을 붙이는 것뿐이었으니까. 그 썰렁한 분위기에서 다천이 나서더니 상황을 지휘하기 시작했다.

"얘들아, 선생님은 교무실에서 아직 할 일이 많으신 것 같으니까 우리끼리 게임 하나 하자."

갑작스러운 제안에 놀라 의아한 눈빛들이 온 교실에 가득했다. 다천은 책가방에서 큰 봉투를 꺼내더니 우리더러 그 안에 든 종이를 한 장씩 뽑으라고 했다. 녀석이 집에서 미리 준비해 온 게 분명했다. 나는 속으로 '별 괴짜가 다 있네?' 하고 생각했다.

그런데 아이들은 의외로 좋아하며 하나둘 종이를 뽑기 시작했다. 탄성까지 터져 나왔다.

"난 빨간색이다!"

"난 파란색!"

알고 보니, 다천은 반 아이들을 몇 개의 그룹으로 나누려던 거였다. 같은 색깔을 뽑은 아이들이 모여서 각자의 이름과 출신 초등학교, 취미를 소개하는 식이었다.

보이 스카우트에서나 할 법한 유치한 게임이었지만 아이들은 즐겁게 어울렸고 정말로 그룹대로 모여서 얘기하기 시작했다. 어쩌면 다들 누군가가 작은 돌 하나를 던져 주길 기다렸는지도 모르겠다. 교실에 흐르던 어색한 분위기와 알 수 없는 불안감을 날릴 수 있게 말이다.

그때 나는 빨간색 종이를 뽑았고 판판을 알게 됐다. 그 애의 첫마디는 아주 간결했다.

"내 이름은 죽을 때까지 못 잊을걸. 성도 판, 이름도 판, 판판이야. 다 외웠지?"

"기억하기 엄청 쉽다."

키가 작고 안경을 쓴 남자애가 벌떡 일어나더니 말했다. 안경 쓴 그 애는 리위안즈이었는데 지금은 다들 샤오리라고 부른다.

다천은 그때부터 반장으로 정해졌고 우리 반의 크고 작은 일에 앞장섰다.

내 손에 쥐어진 이 연애편지 임무를 받아들일까 말까?

나는 결국 편지를 받아 책가방에 넣었다. 아이들은 내가 샤오펑네 윗집에 사는 걸 안다. 다천은 나더러 반드시 단둘이 엘리베이터 안에 있을 때 전해 주라고 당부까지 했다.

"다른 사람한테 들키면 절대 안 돼."

거참, 이상하네. 지금 주변에 '다른 사람'이 한둘이 아닌 데다 그들 모두가 다천이 샤오펑에게 연애편지를 보내려는 걸 아는데.

"음, 걔네 반 애들한테 들키지 말라고. 이건 우리 반의 '특급 비밀'이니까."

다천이 설명했다. 그리고 이렇게 덧붙였다.

"우리 반만 아는 비밀이라는 뜻이야. 이런 일은 가장 믿음직한 장량잉 형님이 맡아야 제격이지."

종일 이런저런 수업이 시작됐다가 끝나는 내내 마음이 울적했다. 이유가 뭔지 딱히 꼬집어 말하기 어려웠다. 무언가를 불안하게 기다리는 기분 같기도 했다. 언제나 부지런히 땅바닥을 기어 다니지만 언제든 거대한 발바닥에 깔려 죽을 수도 있다는 사실을 아는 개미의 심정이 이럴까.

마지막 수업이 끝나자 배가 살살 아파서 화장실에 달려가 문을 잠그고 앉았다.

잠시 후 발소리가 나더니 두 사람의 대화가 들려왔다.

"장량잉이 우리가 시킨 대로 하겠지?"

"당연하지, 그 녀석 착하잖아."

"하긴, 걔가 거절했다는 얘기는 한 번도 못 들어 봤어. 진짜 착한 것 같아."

"우리 반에 그렇게 착한 애가 있다니, 정말 편하고 좋다."

둘이 웃음을 터뜨렸다.

"맞아, 사악한 우리랑은 차원이 다르지."

"솔직히 가끔은 녀석이 착한 척하는 건 아닌지 의심스럽긴 하더라. 남한테 맨날 잘해 주는 게 말이 돼? 좀 이상하잖아."

누군가가 뒤에서 내 흉을 보는 소리를 우연히 듣다니. 텔레비전 시트콤에서 자주 보던 상황이 내 인생에서 이렇게나 생생하게 연출될 줄은 꿈에도 몰랐다. 목소리의 주인공은 다천과 샤오리가 틀림없었다. 샤오리 녀석이 내가 위선적이라고 생각할 줄이야.

이런 시트콤 같은 상황이 자기 인생에서 벌어질 줄은 그들도 몰랐을 거다.

"착한 사람은 남에게 봉사하기 마련이거든. 녀석이 진짜든 가짜

든 말이야."

대화가 잠시 멈추는가 싶더니 다천의 목소리가 다시 들려왔다.

"세상에 착한 사람이 있어서 참 다행이야. 그들이 없으면 우주가 멸망할걸."

나는 심호흡을 하고 싶어도 소리를 낼 수가 없었다. 다천의 말은 진심 어린 칭찬일까, 아니면 배배 꼬인 조롱일까?

"됐고, 그나저나 녀석이 편지를 훔쳐보면 어쩌지? 누구나 호기심은 있잖아."

그렇게 말하는 것으로 보아 샤오리 녀석 본인이 호기심이 있는 게 분명했다.

"그럴 리 없어. 난 장량잉을 믿어. '난 착해.'라고 얼굴에 쓰여 있거든."

물 내리는 소리와 웃음소리가 섞였다. 나는 차마 소리를 낼 수가 없어서 가만히 숨죽였다.

가슴속에서 거대한 분노가 끓어오르더니, 나더러 화끈하게 내뿜으라고 부추겼다. 가! 가라고! 가서 저 녀석들한테 따져! 착한 사람은 함부로 부려 먹어도 되는 존재야? 남한테 친절한 게 그렇게 이상해?

물론 행동으로 옮기진 않았다.

바로 그때 몇 가지 계획이 떠올랐다.

1. 저녁에 집에 돌아간 후, 헤어드라이어로 봉투 입구에 열을 가해 편지를

열어 본다.

2. 그냥 봉투째 조각조각 찢어서 휴지통에 버린다.

3. 편지를 조각조각 찢기 전에 뭐라고 썼는지 살짝 읽어 본다.

4. 아니면, 샤오펑과 마주칠 일이 없을 것 같다며 내일 편지를 돌려준다. 요즘 샤오펑이 학원에 다니고 있어서 엘리베이터에서 못 만난 지 한 달도 넘었다고 둘러댄다.

5. 그런데 4번 계획은 편지부터 열어 본 후에, 아니지, 오늘 편지를 건네받은 순간 바로 실행했어야 맞다.

어쨌든 내 머릿속은 봉숭아 줄기 여기저기에 제멋대로 꽃송이가 달린 것처럼 어지러웠다.

수업이 끝난 후 학교를 나섰다. 같은 동네에 살아서 늘 하굣길을 함께 하는 페이쥔도 묵묵히 내 옆에서 걸었다. 우리 둘 다 생각에 잠겼다. 나도 오늘만큼은 지엔 선생님이 떠난 일로 낙담한 녀석을 위로할 만한 마음의 여유가 없었다.

"장량잉, 너 한 번도 남의 부탁을 거절한 적이 없지?"

녀석이 불쑥 입을 열어서 화들짝 놀랐다. 나는 말을 더듬으며 내가 그렇게까지 호구는 아니라고 강조했다.

"누가 그래? 내가 맨날 얼마나 무섭게 동생을 혼내는데, 게임 좀 그만하라고."

녀석은 별다른 대꾸 없이 자기가 하고 싶은 얘기를 계속했다.

"저번에 말한 베스트셀러 책 말이야. 그 책의 결론은 아주 그럴

싸한 것 같아. 한번 들어 볼래?"

난 듣기 싫은데! 지금은 네 독서 토론회에 끼고 싶은 기분이 아니라고. 한편으론 녀석이 좋은 마음으로 건네는 말일 수도 있는데 억지로라도 웃으며 들어 줄까 싶기도 했다. 평소엔 남의 감정이나 반응에 무신경한 덜떨어진 녀석이지만 설마 지금 내 기분이 엉망이라는 것쯤은 알아챘겠지.

"책에서 그러는데, 세상의 모든 고민은 결국 하나래……."

녀석은 마술사가 공연 중에 관객을 잔뜩 궁금하게 만드는 것처럼 잠시 말까지 멈추며 비밀스러운 분위기를 연출했다.

"바로 인간관계지."

책도 많이 읽고 아는 것도 많은 녀석이 어째서 자기 인간관계는 제대로 관리하지 못하는 거지? 녀석의 명언을 듣자니 하마터면 웃음이 터져 나올 뻔했다.

"페이쥔 박사님, 굉장히 박식하시네요."

나는 결국 웃음을 터뜨렸다.

녀석도 웃으며 말했다.

"뭘 이 정도로. 난 그냥 독서를 즐기는 것뿐이야."

이어서 녀석이 다시 명언을 쏟아 냈다.

"장량잉, 네가 착한 거 알아. 하지만, 그렇다고 무슨 부탁이든 다 들어줘야 할 필요는 없어."

"나도 잘 알고 있어."

"그럼 왜 다천의 연애편지를 전해 주기로 한 거야?"

오후에 다천이 내게 임무를 맡길 때 페이쥔도 교실에 있었던 게 떠올랐다.

"그냥 편지 한 통 전하는 건데 뭐. 별거 아니잖아?"

내가 반박했다. 말을 내뱉고 나니 문득 그런 생각이 들었다. 맞아, 이게 뭐 대수라고? 편지 한 통이 설마 무슨 나비 효과라도 일으키겠어? 그럴 리가.

나비 효과란 작은 동작 하나가 연쇄 반응을 불러와서 결국엔 거대한 폭풍을 만드는 거다. 내가 보기엔 편지 한 통으로는 아무런 폭풍도 생길 것 같지 않다.

그렇게 생각하는 이유는 간단하다. 편지에 뭐라고 쓰여 있든 샤오펑은 아무 반응도 보이지 않을 테니까. 그럴 거라고 나는 확신한다. 샤오펑의 엄청난 비밀을 알고 있는 사람은 우리 반에서 나밖에 없고, 내가 그 비밀을 입 밖에 내는 일은 절대로 없을 것이다. 난 착한 사람이니까.

열정적인 페이쥔의 이야기

나는 양페이쥔이다. 과학과 우주의 진리를 좇는 게 삶의 목표이며 그와 관련된 거라면 온갖 고된 일도 기꺼이 감수한다. 실험과 연구를 위해서는 식음을 전폐해도 좋다. 물론, 이렇게 활활 타오르는 내 열정이 언제나 환영받는 건 아니다. 그렇다고 내가 남의 감사 인사 따위나 듣자고 사는 건 아니잖아? '잔소리쟁이'라는 핀잔이든 '열정 부자'라는 빈말이든 내 안의 어떤 세포에도 침투하지 못한다. 난 착한 사람이며 진리를 위해 끝까지 싸울 테니까.

만약 세상에 한 종류의 인간만 남겨야 한다면, 제발 부탁인데 그게 게으름뱅이가 아니길 진심으로 기도한다. 나는 과학자의 자세로 '게으름뱅이'에 대해 명확히 정의하고자 한다. 하느님이 큰 홍수를 일으켜서 이 망가진 세상을 재건할 때 궁금해할지도 모르니까. 원래는 삼단 논법으로 정의를 도출해야 맞겠지만, 알고 싶어 할 사람이 없을 게 뻔하므로 나도 굳이 성가시게 설명하지 않겠다.

● ● ● 페이친의 지식 백과

게으름뱅이

하기 싫은 일에 대해 '이래서 못 해.', '저래서 못 해.'라는 말을 입에 달고 사는 사람이다.

예를 들면 이렇다. '나는 전기 회로를 모르니까 네가 내 장난감 좀 조립해 줘.', '나는 천문학에 관심이 없으니까 월식에 관한 숙제가 싫은 게 당연해.', '난 게으름뱅이니까……, 아무것도 하기 싫어.'

뭐, 과학과 담쌓은 사람들에게 내가 좀 심하게 말한 걸 수도 있다. 하지만 난 정말 이해할 수가 없다. 설사 뭔가 모르는 게 있어도 대부분은 조금만 책을 찾아보거나 인터넷을 검색하면, 아니면 심지어 나한테만 물어봐도 금세 해결될 텐데. 우리 반 아이들은 이런 기본적인 노력조차 하려고 들지 않는다.

그래서 난 이런 결론에 도달했다.

● ● ● 페이친의 지식 백과

내 인생의 사명

세상이 멸망하지 않도록 사람들을 위해 봉사하는 것이다.

다만 가능하다면, 전 세계 사람들이 한꺼번에 게으름을 부리지만 않았으면 싶다. 내가 분신술을 쓸 수 있는 건 아니니까.

따분했던 초등학교 시절 전체를 통틀어 그나마 작은 즐거움을 준 사람이 바로 과학 선생님이었다. 그런데 안타깝게도 내가 4학년 때 선생님은 은퇴했다. 그 일로 엄마한테 투덜거린 적이 있는데 엄마는 오히려 이렇게 말했다.

"그분은 연세가 많잖아, 진작 은퇴했어야 해. 젊은 사람들한테 자리를 내줘야지. 교사 임용고시에 합격하고도 학교에 자리가 없어서 떠도는 선생님들이 전국에 10만 명이나 된다고."

나도 물론 잘 알고 있다. 우리 부모님이 바로 그 10만 명 중의 두 명이니까. 집에서 그 얘기를 들은 게 한두 번이 아니다. 아마 "어서 가서 숙제해라." 하는 말보다 더 많이 들었을 거다.

어쩌면 내가 어려서부터 지금껏 어른들이 잔소리할 필요 없이 알아서 척척 숙제를 끝내서 그런지도 모르겠다. 심지어 스스로 문제를 내서 풀기까지 했다. 그렇다 보니 부모님이 내 공부를 챙길 필요가 전혀 없었다.

이런 나의 공부 습관을 엄마가 처음 발견한 건 내가 초등학교 1학년 때쯤이었다. 엄마는 뛸 듯이 기뻐하며 사진을 찍어 블로그에 올리고 본인 친구들에게 자랑까지 했다. 그런데 그 뒤로 점점 상황이 이상해지면서 결국 이런 말이 나오는 지경이 됐다.

"페이쥔, 잠깐 쉬었다 해. 가서 놀다 오렴. 책 좀 그만 보고, 자료 검색도 그만해. 나랑 과학 문제 토론하는 것도 앞으로 금지야. 너 때문에 내가 교단에 서기도 전에 은퇴하고 싶어지겠어."

물론 엄마가 농담으로 한 말이었다. 우리 집은 워낙 금기란 게 없이 자유로웠고, 그게 바로 진보적인 거라고 엄마가 그랬다.

엄마는 싱가포르의 한 학교에서 교사로 일하는 아빠를 늘 부러워했다. 엄마가 채용 시험을 본 곳의 기운이 좋지 않아 재수 없게 탈락했다면서 말이다. 우리 엄마는 미신을 믿는 경향이 있다.

초등학교 5학년 때, 나는 친구 세 명과 함께 교내 과학 경진 대회의 참가자로 뽑혔다. 선생님의 지도에 나의 열렬한 자료 검색과 실험이 더해진 결과 우리가 전교 1등을 차지했다. 같은 팀이었던 세 명의 아이들은 나를 도와 비커를 건네거나 기록을 정리한 게 전부지만. 친구들은 불공평한 업무 분담에 아주 만족스러워했고, 나도 더없이 흡족했다. 나는 "1분 1초도 틀리면 안 되는 거야?"라거나 "한 번 정도 실험을 건너뛴다고 별일 있겠어?"라고 말하는 아이들을 도저히 참을 수가 없다. "빨리 끝내. 나 망고빙수 먹으러 갈래."라고 말하는 녀석은 더 최악이고.

세상 사람들은 모시기가 참 까다롭지만 난 개의치 않는다.

교내에서 1등을 하자 시 대회가 기다리고 있었다. 나는 혼자 오랫동안 고심한 끝에 시공간 가속 주제를 포함하여 다양한 연구 아이디어를 쏟아 냈다. 그런데 선생님의 생각은 달랐다.

"지난번 주제에다 실험을 몇 개 추가하는 게 좋겠다. 새로운 주제를 다루면 시간이 너무 많이 걸려."

과학 연구에 시간이 얼마나 걸리는지 따지는 게 말이 되나? 나는 그 즉시 생물학을 멀리하게 됐다. 상을 탄 연구 주제가 민달팽이에 관한 내용이었는데, 교과 과정과 연관이 있다며 선생님이 추천해서 정해진 거였다.

나는 극도로 불쾌하고 억울하고 짜증 나는 상태였지만 원래 팀원들과 함께 그 느리고 끈적끈적한 생물체에 온 여름 방학을 쏟아부었다. 거기까지는 괜찮았다. 연구할 대상이 있다는 것만으로도 즐거웠으니까. 그런데 팀원 녀석 하나가 실험실에 에어컨이 없다고 투덜대더니 은근슬쩍 그만두고 싶다는 뜻을 내비쳤을 땐 나도 기분이 몹시 상했다.

"난 대회 나가기 싫은데 등 떠밀렸어."

이 녀석은 담임 선생님의 조카다. 그 말을 듣고 나는 화가 머리 끝까지 나서 녀석에게 말했다.

"그럼 여긴 다 나한테 맡기고 너희는 집에 가서 에어컨 바람 쐐."

"정말?"

"네가 먼저 말한 거다."

"선생님께 이르면 안 돼."

실험 장소는 바로 우리 집 옥상이었다. 각종 실험 도구가 잘 갖춰져 있어서 내가 늘 솜씨를 발휘하는 공간이기도 했다. 에어컨을 빼고는 있어야 할 기본적인 장비는 다 있었다. 엄마도 내가 자기를 귀찮게 하지 않고 거기서 혼자 시간을 보내는 것을 무척 반겼다.

그해 여름 방학은 마음 편히 보냈다. 몰입할 연구 주제가 있었을 뿐만 아니라 성가신 녀석들까지 쫓아내고 제대로 집중해서 실험을 마칠 수 있었으니까. 가장 큰 수확은 시 대회에서 1등을 차지한 거였다. 그때 깨달았다. 열정을 쏟으면 좋은 결과가 뒤따른다는 걸.

열정은 확실히 여러모로 도움이 됐다. 나는 6학년 한 해 내내 과학실 정리를 책임지는 특권을 독차지했다. 여름 과학 캠프 역시 내가 도맡아 준비했다. 저학년을 위한 과학 게임을 구상하는 일에도 나섰고 소품 제작에도 "저요!" 하고 손을 들었다. 다른 사람한테 맡기는 건 아무래도 마음이 놓이지 않았다.

반 아이들도 과학에 관한 거라면 무조건 나를 바라봤다. 선생님조차 이렇게 말했다.

"페이전, 나중에 커서 혹시 기회가 되면 노벨상을 받아라."

아이들은 비웃었지만 나는 오히려 미리 받는 축하 인사라고 여겼다. 남들이 뭐라고 말하든 아랑곳하지 않았고 그럴 필요도 없다고 생각했다. 원래 세상 사람들은 모시기 까다로우니까.

남이 아니라 자신을 바꾸는 게 중요하다고 《미움받을 용기》라는 책에서 말했다. 이 단순한 인생 수칙을 깨닫고 스스로 신념대로 살면 그뿐인 거다. 그래서 나도 더 열정적으로 학급 일에 발 벗고 나섰다. 어떤 정수기를 살지 아이들이 투표로 결정할 수 있게 기꺼이 하루 저녁을 들여 제품별 장단점을 분석해 후보를 추려 낸 적도 있다. 나는 그런 일들이 진심으로 즐거웠다.

하지만 그와 동시에 나도 결국 남들처럼 인생의 첫 딜레마에 빠졌다.

1년을 힘들게 공부한 끝에 엄마도 해외 교사 자격을 땄고 아빠가 있는 싱가포르에 가게 됐다. 나도 함께 따라가야 하나? 가자니, 거긴 물가도 비싸고 새 학교에 적응도 해야 했다. 그렇다고 안 가면, 엄마 아빠와 떨어져서 지내야 하니까 정서가 불안해질 가능성이 컸다.

●●● 페이퀀의 지식 백과

딜레마

어떤 상황의 두 가지 선택지 모두에 치명적인 약점이 있는 경우를 말한다.

우리 세 식구가 밤새 아주 이성적으로 토론한 결과 나는 여기에 남기로 했다. 내가 작성한 '장단점 분석표'에 따르면, 따라가는 경우의 단점이 장점보다 세 배나 많았기 때문이었다. 우리는 과학적인 사고를 토대로 비록 마음으로는 섭섭해도 당분간 떨어져 지내는 게 합리적이라고 확신했다.

그렇게 해서 나는 7학년 2학기부터 가오슝을 떠나 할아버지 댁에 살면서 타이베이의 중학교에 다니게 됐다. 타이베이에는 가오슝보다 화학 재료 상점과 전자 부품 가게들이 많아서 몹시 기뻤다. 앞으로 어떤 실험 도구든 그때그때 손쉽게 살 수 있을 테니 말이다. 아빠가 한마디 덧붙였다.

"게다가 가격도 더 싸지."

엄마도 보탰다.

"가게끼리 경쟁이 심하거든."

우리 집은 그렇게 더없이 만족스러운 이산가족이 되어 각자의 삶을 꾸렸다. 엄마가 내게 당부했다.

"새 학교에 가면 우선 분위기를 잘 살펴본 후에 인간관계를 어떻게 맺을지 정하렴."

엄마는 나와 과학 이야기는 안 해도 심리학과 철학에 관해 토론하기를 즐겼다. 《미움받을 용기》도 토론 주제에 오른 적이 있다. 책의 내용 자체는 새로울 게 없어도 요점을 파악하기 쉽고 표현이 귀에 쏙쏙 들어오는 구성을 요즘 사람들이 좋아해서 베스트셀러가 됐다는 게 엄마의 생각이었다. 그 의견에 내가 답했다.

"그렇게 말하면 사람들이 엄마를 미워할걸요."

그러자 엄마가 말했다.

"괜찮아, 나한텐 미움받을 용기가 있으니까."

부모님과 헤어진 첫날에는 솔직히 마음 한구석이 허전했다. 가오슝 집은 호화롭지는 않아도 지내기에 부족함이 없었고 더군다나 내 과학 실험 기지이기도 했기 때문이다. 그 뒤 며칠간 할아버지를 따라 동네 주변을 구경하며 도서관과 과학 교육관을 찾아냈다. 게다가 집 근처 서점에 과학 서적이 다채롭게 갖춰진 데다 선반 한 층 가득 과학 조립 상자로 채워진 걸 발견하고는 한결 마음이 놓였다.

유일하게 남은 숙제는 새 친구들이었다. 친구들한테는 내가 그저 전학생일 테지만 나한테 그들은 온통 모르는 아이들이다. 어쨌든 평소처럼 열정적인 자세로 밀어붙이면 여기서도 내가 원하는 '이점'을 얻을 게 분명했다.

새 학교의 과학실은 훨씬 멋졌다. 심지어 1500배율의 다기능 광학 현미경까지 있었다. 나는 과학 시간이 끝날 때마다 과학실 청소를 맡겠다고 자진해서 나섰고, 과학 담당인 지엔 선생님의 대답은 오로지 이거였다.

"너 연애하냐?"

온 교실에 웃음이 터졌고 나도 따라 웃었다. 선생님이 왜 그런 질문을 하는지는 이해가 안 가지만 실험 기구를 만질 수만 있다면 그까짓 연애가 대수겠어? 물론 내 연애 상대는 과학실이지만.

난 우리 반에서 착하기로 유명한 장량잉과 하굣길을 함께 했다. 녀석은 내가 처음으로 알게 된 친구이자 아주 가깝게 지내도 좋겠다고 확신이 선 아이다. 걘는 내가 무슨 말을 하든 면박을 주는 일이 없다. 오히려 언제나 고개를 끄덕이며 미소를 짓는다. 지금껏 관찰한 결과, 녀석은 모든 사람과 온 우주에 해파리같이 부드럽고 살갑게 대한다.

"있잖아, 우리 할아버지네 집 근처 서점에 로봇 조립 세트가 새로 들어왔는데 되게 괜찮더라."

과학에 대한 녀석의 흥미가 '썩 좋아하지는 않아도 그럭저럭 참을 만한' 어정쩡한 수준이라는 것을 알지만 그래도 나는 한껏 신나서 기쁜 소식을 알렸다.

어쩐 일로 이번엔 녀석의 눈썹이 치켜 올라가더니 맞장구가 뒤따랐다.

"정말? 구경하러 가자."

"혹시 너도 로봇 마니아야?"

"그건 아냐."

녀석이 웃으며 말했다.

"넌 로봇 조립 세트를 구경해. 난 새로 나온 영화 잡지를 사려고. 매번 거기서 샀거든."

얘는 영화 마니아였구나. 나는 하는 수 없이 화제를 바꿨다.

"그럼 넌 어떤 로봇 영화를 가장 좋아해? 〈월-E〉는 꼬맹이들이 보는 거니까 빼고. 난 〈스타워즈〉로 입문하는 걸 추천해. 〈A.I.〉랑 〈바이센테니얼 맨〉도 생각할 거리가 좀 있지."

난 잠시 고민한 후 다시 얘기했다.

"이따 집에 가서 목록을 자세히 뽑아다 줄게. 참고할 만한 영화평들도 좀 곁들여서."

장량잉이 고개를 저었다.

"아냐, 아냐. 나 영화 팬 아니야. 로봇 영화 팬은 더더욱 아니고. 우리 집에 있는 로봇은 유치원 때 엄마가 사 준 버즈 라이트이어• 뿐이야. 앗, 그것도 로봇이라고 할 수 있나?"

• 애니메이션 〈토이 스토리〉 시리즈에 나오는 캐릭터.

당연히 아니지! 나도 고개를 가로저으며 물었다.

"그럼 영화 잡지는 왜 사는데?"

녀석은 내 질문에는 대답하지 않은 채 새로 물었다.

"넌 어릴 때부터 그렇게 열정이 넘쳤어?"

● ● ● 페이퀸의 지식 백과

어릴 때부터

엄밀하게 정의할 수 없는 모호한 표현이다.

잠깐, 어릴 때부터냐고?

난 녀석의 질문 속 비과학적인 표현을 어쩔 수 없이 나름대로 해석했다.

"정확히 몇 살 때부터인지는 잘 모르겠지만 남한테 무언가 해 주는 걸 좋아한 건 맞아. 타고난 성격인가 봐. 아니면, 언젠가 한번 그렇게 해 봤더니 좋은 것 같아서 더 열심히 비슷한 행동을 하게 된 걸 수도 있고."

난감한 듯한 녀석의 얼굴을 보며 내가 덧붙였다.

"무슨 말인지 몰라도 괜찮아. 내가 집에 가서 도움이 될 만한 심리학 자료를 찾아다가 내일 보여 줄게."

"안 그래도 돼."

녀석은 그렇게 짧게 답하고는 서점 문을 밀고 들어가 잡지 매대

쪽으로 걸어갔다.

세상 사람들은 모시기가 참 까다롭다.

나는 나대로 과학 완구 코너에 가서 모델별 생산지와 구성품을 꼼꼼히 살펴보고 가격까지 머릿속에 담는 데 집중했다. 내가 받은 용돈 안에서 어떤 모델을 사는 게 좋을지 이따 집에 가서 할아버지와 토론해야 하니까.

당장 살펴본 바로는 일본산 '미니 전자 블록'이 가격 대비 괜찮았지만 실용적인 기능이 있는 '탁상용 청소 로봇'이 쓰임새는 더 좋을 듯했다.

내가 한창 고민하고 있을 때였다. 장량잉이 불쑥 나타나서는 내 등을 툭툭 쳤다. 영화 잡지 한 권을 품에 낀 채로 먼저 가겠다고 인사했다. 그때 나는 머리를 쥐어짜며 고민하기 바빠서 녀석이 뭣 때문에 잡지를 사는지 깊게 파고들 여유가 없었다. '동물 미니어처'를 사는 게 더 재미있을까?

어느 날 오후, 반장인 다천이 장량잉에게 편지 한 통을 주면서 옆 반의 샤오펑에게 전해 달라고 부탁했다. 장량잉이 샤오펑네 윗집에 사니까 말이다. 당시 현장에서 내가 관찰한 바에 따라 과학적으로 내린 결론은 이거다.

'장량잉은 샤오펑을 좋아한다.'

그게 아니라면, 상냥하기 그지없던 녀석의 표정이 한순간에 넋이 나간 사람처럼 변했을 리 없다.

●●● 페이쥔의 지식 백과

넋이 나간 사람

감당하기 힘든 충격을 받았으나 마음을 털어놓을 데가 없어서 감정을 억누를 수밖에 없을 때 뇌 신경이 사고에 집중하지 못해 멍한 상태가 된 사람을 말한다.

장량잉은 우리 반에서 나를 가장 잘 알아주는 친구이고, 그래서 나도 녀석만큼은 친한 친구로 인정한다. 이런 비상 상황이라면 내가 나서서 녀석을 도와야 한다. 하지만 내가 장량잉에게 남녀 간의 사랑을 과학적, 심리학적, 철학적으로 분석해 봤더니 우리 삶에 중요하지 않다는 결론이 나왔다고 말해 보았자 소용이 없을 것이다. 하필 우리가 사춘기, 즉 질풍노도의 시기라서 정신이 신체보다 성장 속도가 빠르기 때문이다. 설사 녀석이 겨우 감정을 억누르며 잊기로 다짐한다고 해도 결국엔 무너질 테고 두 발은 샤오펑을 찾아갈 게 뻔하다.

나는 아직 여자에게 관심이 없어서 다행이다. 세상을 구할 방법과 현미경이 내겐 더 흥미롭다.

장량잉에게 '주의를 딴 데로 돌리기' 방법을 써 보기로 했다. 녀석이 그 일에 너무 골몰하지 않게 유도하는 거다.

내가 녀석에게 다천의 부탁을 꼭 들어줄 필요는 없다고 조언했을 때도 녀석은 '착한 사람의 면모'를 유지하며 말을 돌렸다.

"그냥 편지 한 통 전하는 건데 뭐. 별거 아니잖아?"

참 착한 녀석이다.

어떻게든 녀석을 도와야 한다. 그러다 보면 나의 지기였던 지엔 선생님이 은퇴한 사건도 잠시나마 잊을 수 있을 것이다.

● ● ● 페이쥔의 지식 백과

지기

주변 100리 내에서 나와 암흑 물질을 토론할 수 있는 유일한 사람을 '나의 지기'라고 부른다.

새로 온 두메이셴 선생님은 나로선 도무지 알 수가 없다. 선생님의 존재 자체가 암흑 물질이며 여전히 내가 파악할 수 없는 미지의 상태에 놓여 있달까.

어쨌든 내가 장량잉을 도울 방법은 다음과 같다. 녀석을 되도록 혼자 두지 않으며 녀석과 함께 걸을 때면 무슨 주제든 오래오래 상세하게 얘기해서 녀석이 샤오펑을 떠올리지 못하게 주의를 분산시킨다. 마음을 심란하게 하는 '샤오펑'이란 세 글자를 녀석의 대뇌 해마에서 쫓아 버리는 거다.

역시 내 노력이 효과가 있었는지 녀석이 다시 넋을 놓지는 않았다. 물론 그즈음 우리 반에서 벌어진 사건 때문에 녀석의 관심이 옮겨 갔는지도 모르겠다. 나는 그 일을 '진격의 판판 사건'이라고 부르기로 했다.

● ● ● 페이쥔의 지식 백과

진격의 판판 사건

우리 반 여자애 판판은 재즈 드럼 연주가가 되는 게 꿈인데, 무슨 이유인지까지는 나도 모르고 관심도 없다. 판판은 아빠의 반대로 방과 후 교습을 못 듣게 되자 나름대로 반항했으나 뜻을 이루지는 못했다.

판판의 아빠는 재즈 드럼 연주가의 장래가 밝지 않다고 생각했거나 혹은 여자에게 어울리는 직업이 아니라고 여긴 게 틀림없다. 사실 가능하다면 나는 판판의 아빠에게 구체적인 자료를 찾아서 분석해 줄 마음도 있다. 사람의 미래를 중학생 시절에 정확히 예견하기란 불가능하므로 아저씨의 걱정은 그저 걱정일 뿐이라고 말이다.

하지만 난 지금 지엔 선생님 일로 머리가 복잡하다. 게다가 두메이셴 선생님이 과연 내 과학 선생님이 될 만한 자격이 있는지 실력을 가늠하는 중이라 도저히 짬을 낼 수가 없다. 그래도 판판이 아빠를 설득할 만한 간략한 통계 숫자 정도라면 얼마든지 뽑아 줄 수는 있다. 문제는 나 자신이 '간략한' 것을 꺼린다는 점이다. 그게 다는 아니었다. 내가 도와주겠다고 말했을 때 판판은 나를 흘겨보며 이렇게 말했다.

"통계가 다 뭐야? 우리 아빠는 그런 거 보지도 않을걸. 봐도 뭔지 모를 거고."

판판은 말을 마치고는 휙 가 버렸다.

세상 사람들은 모시기가 참 까다롭다.

그런데 장량잉이 다가가 말을 걸자 판판은 자리를 피하기는커녕 서로 죽이 척척 맞는 절친인 것처럼 연신 고개를 끄덕이다 가로젓다가 또 끄덕이기를 계속했다. 역시 장량잉은 누구나 마음을 열게 하는 상냥한 아이이다. 내 눈으로 그 광경을 목격한 만큼 이제 판판을 걱정할 필요는 없을 것 같았다.

장량잉이 샤오펑 일에 평정심을 되찾자 나도 다시 내 문제로 돌아왔다. 두메이셴 선생님에게 어떻게 대응할지 탐구하는 일 말이다. 내가 괜히 걱정하는 게 아니라, 만약 두메이셴 선생님이 제대로 못 가르치면 내 과학 실력에 해가 될 텐데 도저히 마음을 놓을 수가 없었다. 나는 일단 선생님을 가볍게 시험해 보기로 했다.

우선, 수업이 끝난 후에 기회를 봐서 두메이셴 선생님에게 암흑 물질을 아는지 물었다.

"선생님, 안녕하세요. 암흑 물질에 관해 여쭤볼 게 있어요."

두메이셴 선생님이 무표정한 얼굴로 대답했다.

"궁금한 게 뭔데? 이론? 존재한다는 증거? 아니면 측정 방법? 측정 방법이라면 직접 실험도 있고 간접 실험도 있는데?"

그 순간 나는 두메이셴 선생님을 과학 선생님으로 받아들이기로 했다. 동시에 원래 머릿속에서 지엔 선생님이 차지하던 위치도 두메이셴 선생님으로 바뀌었다. 이제 드디어 안심하고 수업에 집중할 수 있게 된 것이다.

나는 집에 돌아오자마자 할아버지에게 이 소식을 전했다. 할아버지는 웃으며 말했다.

"내가 진작 그랬잖냐, 국립 대학에서 석사를 땄으니 실력이 꽤 괜찮을 거라고."

할아버지의 논리가 과학적이지 않다는 증거를 열 개는 찾아낼 자신이 있었지만 내가 기분이 아주 좋았기 때문에 관뒀다.

그날 이후 나는 열의를 다해 과학 수업을 들었다. 우리 반에서 적어도 한 학생은 학구열에 불타며 선생님의 노고를 온전히 이해하고 있음을 보여 주고 싶었다. 선생님은 부단히 노력하는 훌륭한 분인 게 확실했다. 수업 시간마다 한결같이 엄숙한 표정에 매서운 말투인 데다 과제마저 까다롭게 내니까 말이다. 그런데도 어째서 아이들은 뒤에서 '마녀 선생'이라고 몰래 부르는지 도무지 이해할 수 없었다. 내가 아무리 말려도 소용이 없었다.

한번은 울분에 못 이겨 장량잉에게 투덜댄 적이 있는데 녀석의 반응은 의외였다.

"애들이 정말 악의가 있어서가 아니라 그냥 재미로 그러는 거야. 난 마녀 선생이란 별명이 꽤 귀여운 것 같은데."

참 나, 고운 말만 뱉는 고상한 녀석 같으니라고. 난 내 일처럼 화가 치미는데.

그러던 어느 날 두메이셴 선생님을 위해 나설 기회가 찾아왔다.

나는 해마다 열리는 과학 경진 대회에 나가려고 친구 몇 명을 모아 조를 짰다. 우리 반 애들은 원래 게으른 데다 딱히 큰 포부도 없다. 판판이 재즈 드럼 연주가가 되고 싶다는 말을 입버릇처럼 달고 사는 걸 제외하면 그나마 운동회 때 다천이 단거리 달리기에서 3등 할 자신이 있다며 참가 의지를 드러낸 게 전부다. 3등이라니! 대회에 나가기도 전에 누군지 모를 두 명한테 앞자리를 내준 셈이다. 어휴, 우리 반 애들은 재주는 둘째 치고 뭔가 해 보겠다는 의지도 변변찮다.

어쨌든 나는 장량잉과 샤오리에게 찾아가 함께 대회에 나가자고 제안했다. 아무것도 할 필요 없이 보고서에 이름만 올리면 된다고 녀석들에게 거듭 강조하면서 말이다. 장량잉은 흔쾌히 수락했지만 샤오리는 한참을 생각하더니 집에 가서 엄마한테 물어보겠다고 대답했다. 이게 엄마한테 물어봐야 할 일인가? 정신 연령이 대체 몇 살인 거야? 이건 두메이셴 선생님의 명예뿐만 아니라 너희 가문의 영광을 위한 일이라고!

내가 적어 낸 연구 주제를 보고 두메이셴 선생님이 미간을 찌푸리며 물었다.

"인공 지능?"

나도 간략하게 답했다.

"칠판을 닦는 인공 지능 미니 로봇이요."

며칠 전에 서점을 둘러보다가 발견한 과학 완구에서 얻은 아이디어였다.

내 대답을 들은 두메이셴 선생님은 미간을 더 찌푸리며 현실적인 문제를 짚었다.

"하지만, 지금 학교에 3D 프린터가 한 대밖에 없잖아. 네 연구 계획대로라면 3D 프린터를 아주 많이 써야 하는데, 학교에다 너희만 따로 쓰게 해 달라고 할 수는 없어."

사실 그게 큰 문제이긴 했다.

나는 집에 가서 고민에 고민을 거듭했다. 어쩌면 좋을지 할아버지에게 물었더니 이런 대답이 돌아왔다.

"학교에다 한 대 더 사 달라고 해."

할아버지의 생각은 참 단순하다. 사람들이 모두 할아버지처럼 낙관적이라면 우울증에 걸릴 일은 없을 것 같다. 할아버지는 세상 사람들 모시기가 얼마나 까다로운지 모르는 걸까?

어쨌든 그것도 해결 방법이긴 하다. 명색이 중학교인데 학교 전체에 3D 프린터가 한 대밖에 없다니, 시대에 뒤떨어진 것도 사실이다. 학교가 학생들의 과학 연구를 위해서 장비를 좀 더 사면 안 되나?

나는 두메이셴 선생님에게 학교 교무처에다 요청해 달라고 부탁했다. 실험 장비를 잘 갖춰 놔야 과학 경진 대회에서 좋은 성적을 거둘 테고, 그래야 학교도 체면이 설 거라고 말이다.

그런데 선생님은 이번에도 인상을 쓰며 고개를 저었다.

"학교에 3D 프린터가 몇 대든지 너한테 통째로 내줄 수는 없어. 모르겠니? 다시 말해서, 네가 실험하고 싶다고 학교가 무조건 너한테 맞춰야 하는 법은 없다는 말이야."

선생님의 논리가 완벽한 건 아니었지만 말이 안 되는 것도 아니었다. 나는 일단 한발 물러나서 학급 회의 시간에 의견을 냈다.

"각자 집에 가서 부모님께 모금해 달라고 부탁해 줘. 우리가 직접 돈을 모아서 3D 프린터를 사는 거야. 그럼 우리 반은 차례가 안 돌아와서 못 쓰는 일은 없을 테니까."

자세한 설명도 곁들였다.

"일체형 모델이 있는데, 작고 저렴한 데다 네트워크 전송도 가능해. 나중에 너희가 사용하다가 혹시 문제가 생기면 내가 다 알려 줄게."

린쉬안밍 녀석이 대뜸 큰 소리로 물었다.

"왜?"

● ● ● 페이췬의 지식 백과

왜

말하는 소리의 높낮이에 따라 그 의미가 달라진다.

린쉬안밍은 '왜'라는 한 글자를 한껏 높여서 발음했다. 마땅한 이유도 없이 무작정 반대하려는 게 분명했다. 중요한 건 녀석이 손조차 들지 않았다는 거다. 그건 회의 질서에 어긋난다. 무례한 데다 이치에도 맞지 않다. 어휴, 세상 사람들은 정말 모시기가 까다롭다.

두 번째로 나선 건 판판이었다. 그래도 그 애는 먼저 손을 들고 반장인 다천에게 발언권을 얻은 다음 말했다.

"만약에 내가 다 같이 돈을 모아서 재즈 드럼을 사자고 제안한다면 페이쥔, 넌 동의할 거니?"

나는 솔직하게 대답했다.

"상황에 따라서."

이어서 설명했다.

"그래도 다들 알다시피 재즈 드럼보다 3D 프린터가 더 유용해. 특히 중학생한테는."

난 힘주어 말했다.

"모르겠어? 3D 프린팅은 현대인이라면 누구나 알아야 할 기초적인 기술이야. 단순히 과학 분야에서만 쓰이는 게 아니거든. 너희만의 특별한 장난감을 갖고 싶지 않아? 3D 프린터가 있으면 뭐든 생각한 대로 만들 수 있다고!"

모두를 위해 목이 쉬도록 한참을 설명하는데 어떤 녀석이 소리쳤다.

"그 돈을 내가 왜 내야 하는데? 난 당장 쓸 일도 없는 물건인데 왜 사자는 거야? 우리가 졸업한 후엔 어떡하고?"

장량잉이 나를 돌아보며 조용히 말했다.

"그만해."

녀석은 대충 이런 말까지 덧붙였다.

"네가 그러면 애들이 싫어하는 거 몰라? 이제 그만해."

그런가? 이게 다 우리 반을 위해서인데. 3D 프린터가 있어야 내가 순조롭게 부품을 만들어서 과학 경진 대회에서 1등을 할 테고 우리 반과 학교의 명예를 드높일 텐데 말이다. 게다가 3D 프린터는 일반 프린터와 마찬가지로 오늘날 과학 연구에 필요한 기본적인 장비니까 교실에 한 대 들여놓으면 반 전체가 함께 쓸 수 있다.

난 이해할 수가 없었다.

결국은 회의 진행자인 다천이 표결에 부쳤고 이 안건에 찬성한 사람은 두 명밖에 없었다.

하굣길에 내가 말이 없자 옆에서 걷던 장량잉이 먼저 말을 걸어왔다.

"우리 서점 가자. 영화 잡지 신간이 나왔더라."

나는 한숨을 내쉬며 고개를 끄덕였다.

우리 반을 위해 온 열정을 다했는데 돌아온 건 냉담한 말들뿐이라니. 세상 사람들은 대체 왜 그러는 걸까?

순종적인 샤오리의 이야기

내 이름은 리위안즈이지만 다들 샤오리•라고 부른다. 무슨 일이든 나한테 물어볼 필요 없다. 어차피 난 의견이 없으니까.

제1막

시간 샤오리가 일곱 살 때

장소 샤오리의 집 거실

등장인물 샤오리, 샤오리의 엄마와 남동생, 이웃집 장 씨 아주머니

(샤오리의 엄마와 장 씨 아주머니가 얘기를 나누고 있고, 샤오리는 남동생과 거실 바닥에 앉아 레고를 갖고 논다.)

남동생 엄마, 형이 레고를 안 줘.

● 성씨인 '리(李)' 앞에 '작다, 어리다'라는 뜻의 중국어 '샤오(小)'를 붙인 별명.

엄마	착하지, 동생한테 잠깐 갖고 놀라고 해, 어서.
	(샤오리가 입술을 삐죽거리며 손에 든 대관람차 레고를 동생에게 건넨다.)
장 씨 아주머니	샤오리는 말도 잘 듣고 참 착하네요. 우리 아들은 어찌나 동생을 괴롭히는지.
엄마	네, 어릴 때부터 저렇게 다정하다니까요, 말썽도 안 피우고요. 얼마나 다행인지. 아니면 내가 정신없었을 거예요. 애 아빠가 집을 자주 비우니까 나 혼자선 벅차거든요.
장 씨 아주머니	남편 분은 지금 어디서 근무해요?
엄마	진급해서 가오슝에 있는 부대로 파견 갔어요. 전보다 집에서 더 멀어졌다니까요, 에휴.
장 씨 아주머니	왜 거기로 따라가지 않고요?
엄마	학교를 자주 옮기면 애들한테 안 좋을 것 같아서요. 우리 부부는 교육에 신경을 많이 쓰거든요. 그리고 애들이 군인 아빠를 따라 여기저기 옮겨 다니면 안쓰럽잖아요.
장 씨 아주머니	그렇긴 하네요. 샤오리가 동생을 잘 돌봐 줘서 다행이에요.
	(샤오리가 다 조립해 놓은 자동차 레고를 동생에게 주고 활짝 웃는다.)

제2막

시간 샤오리가 초등학교 2학년 때

장소 2학년 5반 교실

등장인물 선생님, 샤오리, 같은 반 아이들

선생님 수학 교과서 10쪽을 펼치렴.

(한 학생이 손을 든다.)

선생님 왜 그러니?

손을 든 학생 잘못 아신 것 같아요. 거긴 지난 시간에 배웠어요.

선생님 배웠다고? 확실해?

(10쪽을 펼친 샤오리가 그 학생을 힐끗 쳐다본다.)

손을 든 학생 오늘은 새로 진도 나갈 거라고 말씀하셨잖아요. 저희더러 집에서 예습해 오라고도 하셨어요.

선생님 음? 내가 헷갈렸나? 그럼, 다들 11쪽을 보자.

(샤오리가 11쪽을 펼치고는 그 학생을 보며 끄덕인다.)

제3막

시간 샤오리가 7학년으로 등교한 첫날

장소 7학년 1반 교실

등장인물 샤오리, 반 아이들 전체

(아이들이 여기저기 조그맣게 무리를 지어 잡담하고 있다. 갑자기 다천이 책가방에서 봉투 하나를 꺼내더니 교단 쪽으로 걸어간다.)

다천 얘들아, 선생님은 교무실에서 아직 할 일이 많으신 것 같으니까 우리끼리 게임 하나 하자.

(아이들의 시선이 일제히 다천에게 향한다. 의아한 눈빛들도 보인다. 교과서를 읽던 샤오리도 책을 내려놓고 다천을 바라본다.)

다천 조 나누기 게임을 해서 서로 인사 나누자고. 봉투에서 같은 색깔 종이를 뽑은 사람들끼리 한 조야. 누가 먼저 뽑을래?

(아이들은 서로를 멀뚱멀뚱 바라보기만 할 뿐 아무도 나서지 않는다. 샤오리가 앞으로 나가 봉투에서 빨간색 종이를 한 장 뽑는다.)

다천 고마워, 친구. 너 이름이 뭐야?

샤오리 (다소 작은 목소리로) 리위안즈라고 해.

다천 리위안즈, 참여해 줘서 고마워. 샤오리라고 불러도 돼?

(샤오리가 고개를 끄덕인다. 아이들이 하나둘씩 교단 앞에 나와서 종이를 뽑는다.)

(그날 수업이 끝난 후 다천이 샤오리를 불러 함께 교실을 나선다.)

다천 아까 아침에 도와줘서 고맙다. 덕분에 어색했던 분위기가 풀렸어.

샤오리 너한테 고맙지, 신경 써서 미리 준비까지 해 오고.

다천 앞으로 넌 나랑 다니면 되겠다. 참, 내일 학급 임원을 뽑을 때 나를 반장으로 추천해 줘. 나라는 사람은 말이지, 오지랖이 넓은 게 가장 큰 흠이야. 전 세계 사람들을 다 도와주고 싶다니까.

샤오리 알았어. 근데 그건 흠이 아니라 장점이야.

다천 우리 반에 네가 있어서 정말 좋다. 내가 셜록 홈스라면 넌 왓슨이고, 내가 그린 호닛이면 넌 케이토, 내가 배트맨이면 네가 바로 로빈이야. 아니면 네가 배트맨 할래?

샤오리 (고개를 저으며) 괜찮아, 난 로빈이면 돼.

제4막

시간 샤오리가 7학년 1학기 때

장소 아이스크림 가게

등장인물 샤오리, 다천, 친구 A, 친구 B

(넷이서 함께 빙수를 먹으며 얘기한다.)

다천 너희 또 먹고 싶은 거 없어? 맘껏 주문해. 나 어제 용돈 받았거든.

친구 A 너 정말 통이 크다.

친구 B 됐어, 난 배가 터질 것 같아.

다천 안 돼, 이 정도론 부족해. 샤오리, 계산대에 가서 메뉴판 좀 가져와. 우리 더 주문하자.

(계산대로 달려가 메뉴판을 들고 온 샤오리가 종이 한 장을 탁자 위에 놓는다.)

샤오리 점원이 그러는데, 고객 의견 조사표를 채워 주면 가게에서 직접 만든 과자를 준대.

친구 A 난 더 못 먹겠어.

다천 네가 대충 적어.

(샤오리가 펜을 들고 쓰기 시작한다.)

샤오리 첫 번째 질문은 이거야. '오늘 드신 메뉴에 만족하십니까?' 너희 만족해?

다천 아무렇게나 써.

샤오리 (고개를 돌려 친구 A와 친구 B를 쳐다보며) 너희는 어때?

친구 B 누가 그런 걸 신경 쓰냐? 그냥 대충 적어.

샤오리 두 번째 질문, '오늘 받은 서비스에 만족하십니까?' 어떤 것 같았어?

다천 상관없다니까. 샤오리, 네가 맘대로 적어. 우리 신경 쓰지 마.

샤오리 하지만……, 나도 딱히 의견이 없는걸.

친구 A 의견도 없으면서 그건 왜 갖고 왔어?

(샤오리가 의견 조사표를 계산대에 도로 가져다 놓는다.)

친구 B 저거 채우면 공짜 과자 준댔잖아. 아무렇게나 채우지 그랬어, 바보 같긴.

샤오리 그럼 다시 가져올게. 근데, 네가 의견을 말해 줘야 해.

(샤오리를 제외한 세 명이 재밌다는 듯 웃어 댄다.)

다천 샤오리, 넌 어쩜 그렇게 말을 잘 듣냐? 그러면 남들이 널 함부로 대해.

샤오리 (따라 웃으며) 아냐, 너희는 안 그러잖아.

다천 우리가 지금 너 놀리고 있는 건데.

샤오리 그래. 그럼 이제 의견 조사표는 다시 안 가져올게.

제5막

시간 샤오리가 7학년 2학기 때

장소 7학년 1반 교실

등장인물 샤오리, 담임 선생님과 반 아이들 전체

(담임 선생님이 막 전학 온 페이쥔을 교실에 데리고 들어와 아이들에게 인사시킨다.)

페이쥔 내 이름은 양페이쥔, 준수한 남자라는 뜻이지. 하하하.

(키득키득 낮은 웃음소리가 교실 안에 번진다. 다천이 일부러 기침 소리를 낸다. 샤오리도 따라서 기침한다. 장량잉이 페이쥔을 바라보며 눈살을 찌푸린다.)

담임 선생님 다들 새 친구를 잘 챙겨 주도록. 장량잉이 책임지고 이것저것 알려 줘라.

다천 선생님, 저도 도와줄 수 있어요.

샤오리 저도요.

담임 선생님 착한 사람은 장량잉 하나로 충분하니까 수선 떨 거 없어.

(샤오리가 다천을 바라본다. 다천이 고개를 가로젓자 샤오리도 따라서 고개를 젓는다.)

제6막

시간 샤오리가 8학년 1학기 때

장소 교내 남자 화장실

등장인물 샤오리, 다천

(두 사람이 차례로 화장실에 들어온다.)

다천 이번 일의 진짜 내막은 일단 비밀로 하자.

샤오리 (고개를 힘차게 끄덕이며) 그래그래, 네가 좋은 일 하는 거니까 당연히 도와야지.

다천 넌 말을 너무 잘 듣는 거 아니냐? 내가 이러라면 이러고 저러라면 저러고.

샤오리 그게 뭐 어때서? 난 좋기만 한걸. 직접 결정할 필요가 없잖아.

다천 만약에 나쁜 놈이 너한테 명령하면? 그때도 그럴 거야?

샤오리 너 깡패 영화를 너무 많이 본 거 아니야?

다천 혹시 지금껏 살면서 네 의견을 한 번도 말한 적이 없었던 거냐? 의견이란 두 글자가 네 사전에 있긴 해?

샤오리 의견이 없는 게 내 의견이야. 내 사전은 텅텅 비어서 아주 홀가분하지.

다천 (하하하 웃음을 터뜨리더니 샤오리의 어깨를 두드리며) 너 되게 재밌다.

샤오리 참, 아까 그 일 말이야. 장량잉이 우리가 시킨 대로 하겠지?

다천 당연하지, 그 녀석 착하잖아.

샤오리 하긴, 걔가 거절했다는 얘기는 한 번도 못 들어 봤어. 진짜 착한 것 같아.

다천 우리 반에 그렇게 착한 애가 있다니, 정말 편하고 좋다.

(둘이 신나게 웃는다.)

다천 맞아, 사악한 우리랑은 차원이 다르지.

샤오리 솔직히 가끔은 녀석이 착한 척하는 건 아닌지 의심스럽긴 하더라. 남한테 맨날 잘해 주는 게 말이 돼? 좀 이상하잖아.

(둘이 화장실을 나온다.)

샤오리 장량잉이 착한 애라면, 그럼 나는?

다천 네가 말을 얼마나 잘 듣는데, 네가 착한 애가 아니면 누가 착한 애냐?

샤오리 만약 내가 그렇지 않다면?

다천 (눈을 크게 뜨고 샤오리를 응시하며) 네 말은, 이 모든 게 다 너의 연기란 뜻이야?

샤오리 (다천을 가볍게 툭 치며) 그럴 리가.

제7막

시간 샤오리가 8학년 1학기 때

장소 샤오리의 집

등장인물 샤오리, 샤오리의 부모님

아빠 태권도부에 가입 신청 했어?

샤오리 아니요, 전 관심이 없는데요. 태권도부보다 사진부에 들어가고 싶어요.

아빠 그래도 태권도를 배우면 건강에 좋을 텐데. 네 몸을 좀 봐라,

깡마르고 키도 작은 데다 안경 도수까지 높아서는. 운동을 좀 해야 하지 않겠어?

(말을 잃은 샤오리가 엄마를 쳐다본다.)

엄마 관둬요. 본인이 흥미가 없다는데 굳이 태권도부에 들어가라고 할 건 뭐예요? 운동하면 애가 더 비쩍 마를 수도 있어요.

샤오리 맞아요. 역시 날 알아주는 건 엄마밖에 없어.

아빠 두 모자가 연합해서 날 몰아세우는 거야?

엄마 그건 아니고, 아무래도 당신은 집을 많이 비우니까 내가 아들을 조금 더 아는 거죠.

아빠 (인상을 찌푸리며) 하여간 엄마들은 마음이 약하다니까. 제발 현실을 직시하라고. 우리 아들은 누가 봐도 비실비실한 온실 속 화초야. 에잇, 내 직업이 문제지, 아들이 자라는 걸 옆에서 봐 줄 수가 없으니.

(샤오리가 아빠를 바라보다가 엄마 쪽으로 시선을 옮긴다. 엄마의 이마에도 주름이 진다.)

엄마 그런 말은 왜 해요? 아들이 철든 걸 다행으로 여겨요, 날 힘들게 한 적이 없으니까.

아빠 애가 철들어서 내 마음이 더 무거워. 녀석이 보고 배울 남자도 집에 없고. 일이 원수지, 내가 능력이 없어서…….

샤오리 전 괜찮아요. 내일 태권도부에 가입 신청 할게요. 운동이 좀 필요한 것도 맞아요. 어쩌면 키도 더 클지 모르죠.

정의로운 두메이셴 선생님의 이야기

나는 중학교 8학년 과학 교사인 두메이셴이다. 사람은 가치 있는 삶을 살아야 한다는 게 내 신념이다. 그렇지 않으면 동물과 다를 바가 없으니까. 그저 듣기 좋은 공허한 말이 아니라 내가 살면서 직접 깨달은 사실이다. 나는 불의를 몹시 싫어하지만 내가 손쓸 방법이 없을 때가 많다. 혹시 조금이나마 힘을 보탤 수 있다면 난 정의를 위해 기꺼이 팔을 걷어붙일 것이다.

대학 때 한 교수님이 이런 말을 했다.

"정의가 때로는 양면의 칼이기도 해. 그러니 정의의 괴물이 되지 않게 조심해라."

교수님마저 저토록 위선적일 줄이야! 나는 분개한 나머지 그 교수님의 과목을 다시는 듣지 않았다. 본래 정의로운 행동이란 세상을 구하겠다는 사명을 가슴에 품는 낭만적인 일이자 솟구치는 충동 같은 거다. 그게 아니라면 누가 굳이 피곤하게 정의로운 일에 시간과 정성을 쏟을까? 내가 교사가 된 것으로 보아 하늘도 날 지지하는 게 틀림없다. 난 착한 사람으로서 언제까지나 정의를 수호할 테니까.

예전에 본 어떤 영화에서 온 가족이 식탁에 둘러앉은 장면이 있었다. 스스로 엄청난 록 스타라는 착각에 빠진 엄마는 남편과 자식들을 내팽개치고 집을 나와 자유를 만끽하며 지낸다. 큰딸은 바람피우는 남편에 대한 원망을 입에 단 채 살고, 아들은 엄마가 창피해서 집을 멀리한 지 오래다. 오직 아빠만이 안타까운 표정으로 가족을 위로하지만, 어렵게 한자리에 모여 밥을 먹는 자리에서마저 고성이 오가며 말다툼이 벌어지고 만다.

그 장면을 보자마자 내가 소리쳤다.

"저 아빠가 나랑 똑같잖아!"

세상 사람들의 99퍼센트는 하나같이 이기적이다. 자기중심적이고 남을 배려할 줄 모른다. 영화 속 아빠 캐릭터와 나는 불쌍한 그 나머지 1퍼센트다. 우리는 이 미친 세상의 붕괴를 막고 지구의 안녕을 지키기 위해 자신이 마땅히 누려야 할 즐거움을 희생한다.

어릴 때 오빠는 슈퍼 영웅이 나오는 만화가 방송될 때마다 시시하다고 비웃곤 했다.

"애들을 또 속이고 있네! 저거 다 지어낸 거야. 세상에 영웅이나 위인 같은 건 없어."

그러면 내가 옆에서 오빠한테 따끔하게 한마디 했다.

"오빠, 제발 콧구멍 좀 후비지 마. 매너도 몰라?"

한번은 온 가족이 외식하러 나간 자리에서 오빠가 국물을 후루룩 떠먹으며 코까지 후볐다. 난 화가 나서 오빠를 계속 흘겨봤다.

그러자 엄마와 아빠는 웃으며 말했다.

"메이셴, 넌 진짜 반듯하구나."

엄마는 뭐가 그렇게 우스운지 탁자에 엎드리다시피 깔깔대었다. 큰 웃음소리를 듣고 옆 테이블의 사람들까지 고개를 돌려 우리 가족의 추태를 감상했다.

나는 이를 악물고 나지막이 말했다.

"품위 없게."

아빠가 장난기 가득한 표정을 지었다.

"오오, 여섯 살짜리 우리 규율 반장님한테 꾸중 들었네. 이따 집에 가서 벌서야겠다."

뒤이어 극악무도한 우리 집 세 식구가 또 한 번 깔깔대며 웃음을 터뜨렸다.

오빠는 내 쪽을 향한 채 보란 듯이 반대쪽 콧구멍까지 팠다.

초등학교에 들어간 후 나는 매번 선도부장으로 뽑혔다. 아마도 내가 한시도 쉬지 않고 아이들의 실수를 바로잡았기 때문일 거다. 누군가의 자리 밑에 휴지가 떨어져 있는 것만 보여도 즉시 선생님에게 신고하곤 했으니까.

나는 어려서부터 지금껏 마음이 맞는 단짝 친구가 딱히 없었지만 조금도 개의치 않는다. 지구라는 혼탁한 별에 태어난 이상 마땅히 고귀한 사명을 가슴에 품어야 한다고 굳게 믿고 있다. 그런 세속적인 인간관계는 세상으로 나아가는 데 걸리적거리기만 할 뿐이다.

초등학교 5학년 때였다. 학교 도서관에서 작가 강연회가 열렸다. 나는 기대에 부풀었다. 그 작가는 책에서 윤리 의식과 정의감을 가져야 한다고 부단히 일깨웠다. 나는 그가 쓴 열두 작품을 모두 빌려다 봤고 그중 한 권은 용돈을 털어 따로 구입하기까지 했다. 중요한 대목에다 줄도 긋고 소감을 바로바로 메모해 두려고 말이다.

오빠가 그 책을 보고는 나를 비웃었다.

"제목만 봐도 밥맛없다."

내가 오빠를 노려보며 쏘아붙였다.

"오빠의 지금 그 모양새가 더 밥맛없거든."

오빠는 여름 방학 동안 머리를 빨갛게 염색하고 다녔다. 그게 유행이라고 말이다. 본인은 그게 멋져 보이는 모양이었다. 내가 의학 잡지에 나온 기사를 보여 주며 염색이 피부암을 일으킬 수도 있다고 경고하자 오빠가 혀를 차며 말했다.

"사춘기는 원래 별짓 다 해 보라고 있는 건데, 네가 뭘 알겠냐."

빨간 머리는 오빠의 까무잡잡한 피부와 어울리지도 않는데 오빠는 도무지 내 말을 들으려고 하지 않았다. 나는 손에 든 책을 흔들며 화제를 바꿨다.

"다음 주에 이 작가가 우리 학교에 와서 강연한대. 책 갖고 가서 사인받을 거야."

오빠는 내 말은 듣는 둥 마는 둥 거울을 들여다보며 온갖 폼을 잡았다. 고상함이라고는 찾아볼 수 없는 그 모습에 나는 절레절레 고개를 저으며 한숨을 내뱉었다.

작가가 강연하러 온 날, 우리 반 애들은 평소처럼 시끌시끌 강당에 들어섰다. 줄 맞춰서 조용히 들어가라고 아무리 목소리를 높여도 다들 내 말을 듣기는커녕 관심조차 없었다. 우리 반은 정말 구제 불능이었다. 그래도 난 좋아하는 작가를 곧 볼 수 있다는 생각에 들떠서 그 밉상들이 소란을 피워도 눈감아 주고 이름도 안 적었다.

작가는 과연 내 기대를 저버리지 않았다. 재미난 이야기 사이에 인생철학까지 빠뜨리지 않았으니까. 예를 들면 이렇게 말이다.

"그러니까 어째서 결국엔 거북이가 이길까? 누가 한번 얘기해 볼래?"

나는 손을 번쩍 치켜들었다. 혹시 운 좋게 내가 걸리면 그 질문에 대한 나의 심층 분석 결과를 발표할 수 있을 뿐만 아니라 작가가 선물로 준비해 온 친필 사인 카드도 받을 수 있을 터였다.

다만, 아무리 손을 높이 뻗고 두 눈을 반짝이며 열렬한 의지를 내보여도 작가는 나를 못 보고 다른 아이를 골랐다.

그렇게 강의가 끝났고 결국 나는 선물을 하나도 받지 못해 몹시 실망했다. 그래도 책을 챙겨 와서 다행이었다. 작가의 사인을 받고 싶은 사람은 남아서 줄을 서라고 사서 선생님이 말했다.

참 이상하게도, 책에다 사인을 받겠다고 남은 아이는 단 세 명밖에 없었다. 난 일부러 맨 뒤에 줄을 섰다. 책을 읽으며 궁금했던 부분을 이참에 직접 물어볼 수 있지 않을까 싶어서였다.

작가는 굉장히 친절했다. 사인을 받으려는 아이들에게 일일이 인사까지 건넸다. 나는 두 아이의 뒤에 줄을 서서 기다리는 동안 떨리면서도 신이 났다. 자세히 살펴보니 탁자 위에 아직 친필 사인 카드도 몇 장 남아 있었다. 에이, 저걸 못 받다니. 다 좋았는데 그거 하나가 아쉬웠다.

내 차례가 되자 작가가 내 책을 열어 조심스럽게 사인하기 시작했다. 그때 별안간 다른 반 아이 셋이 튀어나와서는 작가에게 다가갔다. 그중 한 아이가 말했다.

"집에 작가님 책이 엄청 많아요. 다 우리 아빠가 샀어요."

나는 너무나 속상해서 그 녀석에게 눈을 흘겼다. 너희 집에 작가의 책이, 그것도 아주 많이 있다면 갖고 와서 사인을 받을 것이지, 어째서 빈손이야?

또 한 녀석은 마음대로 불쑥 끼어든 것도 모자라 이런 말까지 했다.

"저도 아까 손 들었는데 안 뽑아 주셔서 서운했어요. 작가님 이야기가 맘에 쏙 들었거든요."

그러자 작가가 친필 사인 카드를 가져다가 그 애교쟁이 녀석에게 건넸다.

"괜찮아, 카드가 남았으니까 네게 줄게."

그게 다가 아니었다. 작가는 다른 두 녀석에게도 카드를 주며 미소를 지었다.

"자, 각자 한 장씩."

난 화가 나서 숨이 넘어갈 뻔했다!

강연하는 내내 귀를 쫑긋 세웠을 뿐만 아니라 질문에 답하려고 손까지 번쩍번쩍 든 사람이 여기 있는데, 내가 그저 달콤한 말 몇 마디를 던진 저 녀석들만 못한 거야? 세상에 정의가 살아 있기는 한 걸까? 나는 책을 도로 챙겼다. 작가가 책에다 겨우 두 글자를 쓴 상태라 아직 사인이 채 끝나지 않았지만 말이다. 그 행동으로 내가 작가한테 불만이 있다는 걸 알려 주고 싶었다.

사서 선생님이 나를 불렀다.

"어, 잠깐만, 사인도 안 끝났는데 가려고?"

작가가 웃으며 말하는 소리가 들렸다.

"아이고, 수줍음이 많은 여자앤가 봐요."

그런 거 아니거든요!

난 단지 작가의 일 처리 방식을 용납할 수 없던 거다. 잔꾀를 부린 사람들이 저렇게 손쉽게 상을 받다니, 그건 옳지 않으니까.

한번은 이웃집 아저씨가 앞서서 계단을 올라가며 담배를 피우길래 내가 말했다.

"간접흡연도 암에 걸릴 위험이 있대요. 직접 담배를 피우는 거랑 똑같이요.”

아저씨가 뒤돌아서더니 매서운 눈초리로 나를 쳐다봤다.

그날 밤 나는 인터넷에서 금연 포스터 한 장을 찾아 인쇄했다. 오빠한테 함께 계단에 붙이러 가자고 했더니 고함을 질렀다.

“그런 창피한 짓을 내가 왜? 싫어!”

나도 부아가 치밀어서 소리쳤다.

“어린이 앞에서 담배를 피우는 거야말로 창피한 짓이야, 건강에 아주 해롭다고.”

결국엔 엄마가 나서서 나를 말렸다. 그 아저씨가 혼자 살다 보니 외로워서 그랬을 거라며, 가뜩이나 불쌍한 사람이니까 더 힘들게 하지 말자고 말이다. 나는 속으로 생각했다. 뭐 이런 괴상한 논리가 다 있지?

초등학교 때뿐만 아니라 중학교와 고등학교 때도 비슷한 일이 종종 일어났다. 정말이지 세상살이가 참 각박하다는 생각이 들었다. 옳고 그름을 중요하게 여기던 옛사람들을 조금이라도 본받을 순 없는 걸까? 내가 하소연할 때마다 아빠는 웃으며 내 머리를 토닥였다.

“메이셴, 네가 현대의 ‘문천상•’이구나.”

그러고는 〈정기가〉•를 암송했지만 아빠가 아는 건 앞에 두 구절

● 중국 남송 시대의 충신으로 원나라의 침략에 대항하여 의용군을 이끌었다. 나라가 망한 후에도 원나라에 전향하지 않고 죽음을 택했다고 한다.

● 문천상이 원나라의 포로가 된 후 옥중에서 충절을 다짐하며 읊은 시.

이 다였다.

"하늘과 땅에 바른 기운이 있어, 세상 만물이 비로소 생겨났도다."

어휴, 아무래도 우리 집에서 정상적인 사람은 나밖에 없나 보다.

내가 줄곧 생물학을 좋아했던 건 저속하기 그지없는 인류와 사귀는 게 영 성가셨기 때문이다. 어느 날 영화를 보려고 극장에 갔을 때였다. 표를 사려고 줄 서 있는데 한 아주머니가 다가와 말을 걸었다.

"아가씨, 나 대신 표 좀 사 줄래요? 우리 아들이 갑자기 화장실이 급하다고 해서 내가 데리고 갔다 와야 할 것 같은데. 다녀오면 이번 회차가 매진될까 봐……."

아주머니가 뒤에 뭐라고 말했는지는 내 귀에 전혀 들리지 않았다. 난 그저 가슴속에서 분노의 불덩어리가 솟구쳐서는 활활 타오를 뿐이었다. 거의 불태워 버릴 기세로 쏘아보자 아주머니가 한 발짝 물러서더니 바로 내 뒤에 줄 서 있던 남자에게 다가가 똑같이 물었다.

더 짜증 나는 건 그 남자가 흔쾌히 받아 줬다는 점이다.

난 일부러 다 들리게 혼잣말을 했다.

"세상에 꼭 저렇게 말도 안 되는 일을 하는 사람이 있다니까. 아이를 데리고 나올 거였으면 집에서 미리 예매했어야지."

뒤에서 아무 반응이 없자 내가 한마디 더 했다.

"어떤 사람들은 온 세상이 자기를 돕는 게 당연하다고 여기더라.

줄 서서 기다린 사람한테 얼마나 불공평한지는 나 몰라라 하고 말이야.”

여전히 아무 반응이 없었다.

나는 말을 하면 할수록 화가 치밀었다.

“부모가 됐으면 아이에게 모범을 보여야지. 무더운 날씨에 굳이 애를 데리고 나온 것도 모자라 참을성 없는 아이랑 이렇게 길고 지루한 영화를 보러 오다니, 정말 이기적이네.”

내 뒤의 그 인정 넘치는 남자가 드디어 입을 열었다.

“혹시 우울증이에요? 아니면 조울증?”

난 고개를 획 돌려 그에게 사진을 찍어 두게 신분증을 보여 달라고 몰아붙였다.

“집에 가서 고소장 받을 준비나 해요. 당신처럼 남을 함부로 헐뜯는 부도덕한 사람들은 어디에나 꼭 있죠.”

정직한 기개라고는 찾아볼 수 없는 그 한심한 남자는 나의 서슬퍼런 정의감에 놀랐는지 연신 고개를 숙였다.

“미안, 미안합니다. 당신을 비난하려던 건 아닌데. 용서하세요.”

난 영화 볼 마음이 싹 사라져서 그냥 집으로 돌아왔다.

이처럼 사회에는 온갖 부정적인 상황이 널렸다. 그러니 우리처럼 보기 드물게 정직한 사람들은 사는 게 얼마나 고생스럽겠는가. 영화 한 편 보는 일에도 험난한 시련이 기다리고 있으니.

어느 날 나는 문득 깨달았다. 사회의 품격을 끌어올리고 사람들을 올바른 방향으로 인도하려면 아이들을 가르치는 방법밖에 없다고 말이다. 아무래도 어른들은 이미 글렀으니까. 나는 교육학 학점을 추가로 받아서 순조롭게 교사 자격을 땄고 선발 시험을 거쳐 한 중학교에서 근무하게 됐다.

그런데 학생을 가르치는 일이 고난의 연속일 줄은 꿈에도 몰랐다. 문제가 산더미 같았다.

수업 시간마다 아이들은 과학 실험을 하면서 야단법석을 떨거나 수준 낮은 멍청한 질문을 쏟아 내기 일쑤였다. 8학년이나 됐으면서 리트머스 시험지의 용도를 제대로 모르는 녀석도 있었다.

그나마 내 인상을 조금 펴 주는 건 페이쥔밖에 없다. 녀석이 과학을 좋아하는 게 한눈에 보였다. 수업 태도도 제법 진지하고 쉬는 시간에도 성심껏 과학실 정리를 도왔다. 하지만 이 과학 꿈나무가 나를 골치 아프게 하는 점이 하나 있다. 바로 녀석의 넘치는 열정이다. 가령 내가 100점짜리 숙제를 내면 녀석은 굳이 자발적으로 150점으로 해 오는 식이다.

다른 선생님들은 열심히 공부하는 게 뭐가 어떠냐고 말할지도 모르겠다. 알아서 더 공부해 오는 학생이 얼마나 귀하냐고 말이다. 그렇지만 녀석은 거기서 끝나는 게 아니라 다른 아이들도 자기처럼 하기를 바란다. 그게 과연 옳을까?

얼마 전 수업 시간에 올해 열리는 과학 경진 대회 얘기를 꺼냈다. 그러자 페이쥔이 기다렸다는 듯 참가하겠다고 나서며 연구할 주제와 내용까지 생각해 왔다. 녀석과 함께 조를 이룬 두 아이는 반에서 착하기로 유명한 장량잉과 자기 의견이라곤 전혀 없는 샤오리였다.

문제는 페이쥔 녀석이 심하게 잘난 척을 한다는 거다. 본인의 능력을 맘껏 뽐내려고 일부러 순하고 소심한 아이들로 골라서 조원을 채운 게 분명했다. 페이쥔의 행동은 두 아이에게 몹시 불공평하고 자기중심적이다.

아무래도 페이쥔의 콧대를 꺾어 놔야 했다. 특히 녀석이 자신의 실험을 위해 학교의 3D 프린터를 온전히 사용하게 해 달라고 요구했을 때 나는 언짢은 표정으로 따끔하게 말했다.

"네 연구 계획대로라면 3D 프린터를 아주 많이 써야 하는데, 학교에다 너희만 따로 쓰게 해 달라고 할 수는 없어."

이 과학 꿈나무 녀석은 세상사에 둔감하고 무지한 듯했다. 나더러 학교에다 3D 프린터를 몇 대 더 들여놓게 건의해 달라는 게 아닌가. 나는 고개를 가로저으며 좀 더 엄하게 말할 수밖에 없었다.

"학교에 3D 프린터가 몇 대든지 너한테 통째로 내줄 수는 없어. 모르겠니? 다시 말해서, 네가 실험하고 싶다고 학교가 무조건 너한테 맞춰야 하는 법은 없다는 말이야."

마침내 녀석이 말귀를 알아듣고 자리로 돌아갔다. 참 이기적인 녀석이다. 학교가 자기 한 명을 위해 설립된 줄 아나? 공평이란 단어를 들어는 봤을까?

페이쥔과 같은 반에 골칫덩이가 한 명 더 있다. 바로 판판이라는 학생이다. 그 애는 시험관이며, 집게며, 쇠로 만든 자며 실험 도구의 종류를 가리지 않고 손에 쥐고는 신들린 드럼 연주가라도 된 듯 책상에다 두드려 댔다. 나는 고함을 치며 말렸다.

"그러다 뭐 하나라도 부서지면 네가 물어내야 해, 알겠어?"

그제야 그 애는 혀를 쏙 내밀며 동작을 멈췄다. 하지만 고개와 손을 계속해서 까딱까딱 흔들어 대는 통에 나는 속에서 열이 끓어올라 머리에 김이 날 지경이었다. 한 번 더 큰소리로 꾸짖었다.

"실험 도구를 망가뜨리면 네가 물어내야 할 뿐만 아니라 너 때문에 다른 반 수업까지 망치는 거야. 너는 다른 사람 생각은 할 줄 모르니?"

판판은 고개를 숙이더니 실없이 헤헤거리며 웃었다. 내 말을 한 귀로 듣고 한 귀로 흘리는 게 틀림없었다.

자신의 행동을 책임지기는커녕 훈계를 듣고도 여전히 깨우치지 못한다면, 그건 그 학생 본인의 불행이리라. 자고로 하늘이 만든 재앙은 오히려 피할 방도가 있으나 스스로 만들어 낸 화는 구제 방법이 없다고 했다. 맹자가 〈상서〉•를 인용하여 말한 구절인데 내 생각에도 백번 옳다. 천재지변은 혹시라도 피할 수 있을지 모르지만, 자기가 만든 재난은 아무도 해결해 줄 수가 없으니 제 무덤을 파는 셈이다.

● 공자가 중국 고대 황실의 기록을 수집하여 만든 책.

그렇다고 내가 아무리 간곡하게 타이른들 아이들이 새겨들으려고 할까? 우리 오빠도 내 잔소리를 20년 넘게 들었지만 줄기차게 무시했다. 나는 하는 수 없이 이렇게 결론지었다. 너희가 마땅히 지켜야 할 도리와 정의를 어기고 평생을 그렇게 이기적으로 산다면 언젠가 틀림없이 봉변을 당할 텐데 그래도 싸다고 말이다. 난 진작에 경고했으니까.

8학년의 두 번째 정기 고사가 끝난 후였다. 페이쥔이 쉬는 시간에도 자리를 안 떠나더니 과학 시험지를 들고 찾아왔다.

“선생님, 이 문제요. 제가 쓴 답도 분명히 말이 되는 것 같은데, 왜 틀렸죠? 이거 하나 틀려서 만점을 못 받았어요.”

과학 꿈나무의 얼굴에 근심이 가득했다.

그 표정이 제법 심각했던 데다 녀석이 지난 몇 번의 시험에서 모두 만점을 받은 것도 사실이라 녀석의 답안지를 자세히 들여다봤다. 객관식 문제였다.

‘스펀지 밥과 징징이가 각각 바닷물을 가득 채운 욕조에 들어갔다. 누구의 욕조에서 물이 더 많이 흘러넘쳤을까? (A) 스펀지 밥 (B) 징징이 (C) 둘 다 같다 (D) 알 수 없다’

페이쥔이 고른 답은 ‘(D) 알 수 없다’였다.

내가 크게 나무랐다.

“어떻게 이걸 모를 수가 있니? 이 문제를 틀리다니!”

“그렇지만…….”

녀석이 마치 강연이라도 하듯 진지하게 분석하기 시작했다.

"여기서 말하는 스펀지 밥과 징징이는 애니메이션에 나오는 허구의 인물이에요. 실증을 추구하는 과학 시험 문제에 나온 것 자체가 비과학적이죠."

녀석은 청산유수처럼 논리를 들이댔다.

"시험 문제에 나온 스펀지 밥이 생물인지, 무생물인지, 괴물인지 어떻게 알아요? 어쩌면 외계에서 온 기체라서 물속엔 아예 못 들어갈 수도 있고요. 아니면 그저 일종의……."

녀석의 말이 채 끝나기도 전에 내가 소리 질렀다.

"생트집 잡지 마!"

녀석이 억울한 표정으로 중얼거렸다.

"선생님은 이해할 거라고 믿었어요. 지엔 선생님처럼 엄밀한 과학적 논제에 통달한 분이라고 믿었다고요. 저희를 공정하게 대해 줄 거라고, 옳고 그름을 정직하게 가려 줄 거라고 믿었어요."

이렇게나 많은 '…일 거라고 믿었다.'라니, 이 녀석은 대체 나를 어떤 사람으로 여긴 걸까. 내가 고분고분 네 말에 따르는 부하라도 돼야 하니?

녀석은 단념하지 않고 얘기를 계속했다.

"두메이셴 선생님, 애들이 뒤에서 선생님을 마녀라고 부를 때, 저는 선생님을 생각해서 애들을 혼내 줬어요. 과학에 종사하는 사람은 사심 없이 가장 공정하고 이성적으로 세상을 본다고 믿었으니까요."

난 할 말을 잃었다. 마녀라고?

페이쥔, 네가 뭔가 헷갈린 것 같은데, 나 두메이셴이 어려서부터 지금까지 한시도 잊은 적이 없는 게 바로 정의와 공정함이라고. 그런데 네가 지금 거꾸로 나한테 훈계하는 거니?

설마 내가 정말 뭔가를 잘못했나? 하지만 나는 말과 행동이 같은 정의의 사도인데. 언제나 착하게 살아왔다고. 어릴 때부터 쭉. 그 답안지를 뚫어지게 쳐다봐도 도무지 알 수가 없었다. 대체 어쩌면 좋지?

대범한 다천의 이야기

난 어릴 때부터 다천•이라고 불렸다. 내 머리가 크기 때문이기도 하지만 말이 빠르고 웃음소리가 큰 이유도 있을 것이다. 쩌렁쩌렁한 '하하하'는 내가 세상을 향해 가장 자주 내뱉는 소리다. 그렇게 해야 나의 커다란 몸집 안에 자리 잡은 한 조각 설움을 감출 수 있으니까. 그나저나 방금처럼 문학적인 표현은 솔직히 내 스타일은 아니다. 나는 남들 앞에서 대범하고 거침없어 보이는 걸 좋아한다. 이 험난한 세상에 자기를 이끌어 줄 호탕한 큰형님이 주위에 있다면 마다할 사람은 없지 않을까? 사실 산다는 게 쉽지 않아서 때로는 싫어도 이를 악물고 내 것을 남에게 양보해야 할 때가 있다. 비싸고 귀한 물건이든 사랑이나 우정 같은 감정이든 간에 말이다. 그래도 참고 또 참다 보면 결국엔 익숙해지는 것 같다.

• 성씨인 '천(陳)'에 크다는 뜻의 '다(大)'를 붙인 별명.

그런데 언제까지 계속 양보해야 할까? 도대체 어디까지 내놔야 하지? 이런 의문 역시 내가 품고 있는 한 조각 설움의 일부다. 다만 문학적인 표현은 내 스타일이 아니므로 더는 말하지 않겠다.

내가 어렸을 때 엄마가 자주 하던 말이 있다.

"우리 아들은요, 몸집도 우람하고 통도 아주 크다니까요."

그때는 어려서 뭘 잘 모를 때라 내가 무슨 이상한 병에라도 걸렸다는 줄 알았다. 다만, 엄마가 사람들한테 그 얘기를 할 때면 얼굴에 웃음이 가득했기 때문에 아마도 내가 진짜 아픈 건 아닐 거라고 짐작했다.

좀 더 큰 후에야 확실히 이해하게 됐다. 내가 마음이 넓고 대범하다는 뜻이라는 걸 말이다.

대체 언제 무슨 일이 있었길래 엄마가 그런 결론을 내리게 된 건지는 도통 기억나지 않는다. 솔직히 나는 그날 옆에 있던 꼬마에게 내 물건을 나눠 주고 싶지 않았던 것 같다.

일곱 살 생일날, 엄마가 이웃집 아이를 집에 초대해서 함께 케이크를 먹었다. 그 다섯 살짜리 여자아이는 처음부터 끝까지 같은 말만 했다.

"이거 나 줘."

그 애가 말하는 '이거' 안에는 내가 머리에 쓰고 있던 생일 고깔모자와 팔목에 찬 장난감 시계, 그리고 아빠가 사 줘서 거실 탁자 위에 고이 올려놓은 불도저 모형까지 다 포함됐다.

다섯 살짜리 여자애가 불도저를 갖고 싶다니 믿을 수가 없었다. 어쩌면 '이거 나 줘.'라는 네 글자가 그냥 말버릇인지도 모른다. 게다가 아주머니가 몹시 난처한 얼굴로 "안 돼, 그건 오빠 거잖니." 하고 말할수록 그 애는 더 심하게 고집을 부렸다. 마지막엔 우리 집 마룻바닥에 드러누워 두 손 두 발을 마구 휘저으며 엉엉 울어 대는 필살기까지 선보였다.

그 애의 공연을 감상한 후 내가 입을 열었다.

"아니면, 세 개 중에 한 개만 골라."

내 말에 여자애가 울음을 멈췄고, 아주머니의 꾸중이 멈췄고, 옆에 있던 우리 엄마도 인상 쓰는 걸 멈췄다. 그 애는 한참을 고민하더니 고깔모자를 골랐다. 그게 '반짝반짝'해서 좋다나.

불도저가 아니어서 천만다행이었다.

그 애 엄마가 떠들썩하게 칭찬을 늘어놓았다.

"어쩜 애가 마음이 그렇게 넓니. 우리 애도 그러면 좋으련만. 아드님이 속이 꽉 찼네요, 다천 엄마는 진짜 복도 많아요……."

정말이지 유쾌한 생일 파티였다. 그 뒤로 엄마는 매년 파티를 열었고, '이거 나 줘.' 여자애도 잊지 않고 초대했다. 그러다가 언젠가 아빠가 엄마더러 돈 자랑이 지나치면 미움을 살 수 있다고 말한 후 아쉽게도 파티가 없어졌다.

그때부터 나는 작은 호의를 베풀면 모두가 행복해진다는 걸 깨달았다. 예를 들면, 엄마와 시장에 갈 때 주머니 가득 사탕을 챙겨 갔다가 빙수 가게 아주머니에게 하나 건네면 열렬한 칭찬과 함께 아이스크림이 뒤따라왔다. 같은 반 친구들한테 수시로 나눠 준 과자와 막대 사탕은 우정으로 적잖이 되돌아오기도 했다.

그렇다고 내가 우정을 돈으로 살 수 있다거나 '물질적인 관계'라고 여기는 건 아니다. 그저 찰랑찰랑 가득 찬 내 컵에서 물을 조금 덜어 내 다른 이의 갈증을 해소해 주는 것뿐이고, 그게 나의 기쁨이기도 하달까. 나는 남을 위해 착한 일을 하는 게 진심으로 좋다. 미소가 절로 지어질 정도로 말이다.

초등학교 2학년 때 평생 잊지 못할 일이 벌어졌다. 새 학년이 막 시작될 무렵, 옆집 아저씨가 미국으로 이민을 떠나면서 그간 키우던 반려견을 주고 갔다. 난 동물에 별로 관심이 없었지만 깜찍한 포메라니안이 동그란 눈으로 '이 새 주인이 믿음직할까?' 하고 고민하는 듯 나를 바라본 순간 녀석에게 홀딱 반해 버렸다.

어쩌면 내가 외동이어서 정에 더 목말랐는지도 모르겠다. '두부(아저씨가 붙여 준 이름이다.)'를 품에 안자 녀석이 내게 가만히 몸을 맡기는 게 아무래도 우린 전생에 형제였던 게 틀림없었다. 내 손을 핥는 녀석의 혀가 간지러워서 피하면서도 자꾸만 웃음이 났다.

그날부터 두부와 나는 같이 자고 함께 산책했다. 더없이 가까운 오랜 친구처럼 말이다. 내가 학교를 마치고 돌아올 때면 녀석은 현관문 앞을 지키고 있다가 문이 열리자마자 내 품으로 뛰어들었다. 그 모습을 보면 "두부야, 사랑해."라고 날마다 천 번이고 만 번이고 말할 수 있을 것만 같았다.

두부는 머리가 아주 영리했다. 내 말을 모조리 알아듣는 게 분명했다. 내가 숙제하는 동안 "얌전히 옆에 있어." 하고 말하면 녀석은 곁에서 가만히 엎드려서 기다렸다. 산책하러 나가서도 내가 "두부야!"라고 부르기만 하면 녀석은 바로 걸음을 멈추고 고개를 들어 나를 바라봤다. 그러면 나는 쪼그리고 앉아 녀석의 머리를 쓰다듬으며 "형은 네가 정말 좋아, 사랑해." 하고 속삭였다.

어느 일요일 오후 아빠가 직장 상사의 가족을 '누추한' 우리 집에 초대해서 다과를 대접했다. 두 가족이 친하게 지내면 좋겠다면서 말이다. 아빠의 의도는 나도 잘 안다. 전날 밤 엄마가 내게 이렇게 누누이 일러 놨기 때문이다.

"일본에서 온 사장님이래. 아빠 승진이 그분에게 달려 있어. 예의 바르게 행동해야 해, 알았지?"

아빠는 말도 안 된다며 고개를 저었다.

"지금이 어느 시대인데. 난 능력이 있으니까 아부는 필요 없어. 게다가 사장님도 능력을 중요하게 여긴다고."

그게 사실이라면 어째서 상사를 집으로 초대하는 거지? 엄마는 심지어 값비싼 케이크까지 주문했으면서. 어쨌든 어른들의 사교와 접대는 내 알 바가 아니었다. 어른들의 얘기가 따분하면 방에 가서 두부와 놀면 그만이니까.

엄마는 이미 세 번이나 닦은 마룻바닥을 닦고 또 닦으며 아빠를 안심시켰다.

"걱정 마요. 우리 아들은 성격 좋고 예의 바르다고 동네에서 칭찬이 자자하니까 당신 체면 깎일 일은 없을 거예요."

나는 아빠를 보며 씩 웃었다. 이튿날, 도저히 받아들일 수 없는 대재앙이 시작될 줄은 꿈에도 모른 채 말이다.

아빠의 상사인 노가미 씨 가족은 예의가 아주 바른 사람들이었다. 노가미 씨 부인은 우리 집에 들어서자마자 연신 고개를 숙여 절하면서 자기 딸아이에게도 인사하라고 시켰다. 그 꼬마 여자애는 얼굴이 동글동글하고 앞머리를 가지런히 내린 게 꼭 앙증맞은 인형 같았다. 다만, 토라진 얼굴로 입을 삐죽 내민 모습으로 보아 심기가 불편한 인형이었다.

나는 발밑에 드러누운 두부의 머리를 쓰다듬었다. 여자애는 고개를 푹 숙인 채 눈까지 쏟아진 앞머리 사이로 두부를 뚫어지게 쳐다봤다.

중국어를 할 줄 아는 노가미 씨가 말했다.

"딸아이가 타이베이에 온 지 얼마 안 됐거든. 친구들이랑 헤어져서 섭섭한가 봐. 교토에 있는 할머니가 보고 싶어서 더 힘들어하는 것 같기도 하고."

고개를 돌려 딸을 바라보는 노가미 씨의 눈빛에는 아빠의 사랑이 가득했다.

"애가 새로운 환경에 빨리 적응하면 좋겠는데."

그 애는 여전히 고개를 숙인 채 두부에게서 시선을 떼지 않았다.

엄마가 국제 외교 작전을 시작하려고 한껏 자애로운 웃음을 지었다.

"사쿠라코, 강아지 좋아하니?"

엄마는 벌써 그 애의 이름까지 꿰고 있었다.

노가미 씨의 부인이 고개를 끄덕이며 설명했다.

"교토 할머니 댁에 작은 시바견이 있는데 사쿠라코랑 사이가 참 좋았어요. 지난달에 일본을 떠나면서 그 강아지 때문에 애가 꼬박 일주일을 울었다니까요."

노가미 씨가 자기 딸을 안아 줬다. 난 두부를 꼭 끌어안았다. 자선 활동가처럼 인자한 표정을 한 엄마가 나를 보며 말했다.

"사쿠라코랑 두부 데리고 정원에 나가서 놀으렴."

노가미 씨 부인이 사쿠라코에게 통역해 주자 그 애는 수줍은 듯 자기 엄마의 뒤로 숨으며 미소를 지었다. 마침내 다섯 살의 사쿠라코는 우리 엄마의 부추김에 이 오빠의 손을 잡았다. 나는 사쿠라코를 데리고 아담하지만 깔끔한 우리 집 정원으로 발을 옮겼다.

사쿠라코는 정원에 들어서자마자 쪼그리고 앉아 두부의 머리를 조심스럽게 쓰다듬었다. 두부는 소녀의 통통한 손이 자기 몸을 어루만져도 귀찮은 기색 없이 가만히 있었다. 난 의젓한 두부가 정말 기특했다. 물론 나 자신도 아주 자랑스러웠다. 녀석을 제법 잘 가르쳤어!

"사쿠라코, 두부한테 간식 줘 볼래?"

그 애는 내 말을 알아듣진 못했지만, 두부가 가장 좋아하는 과자를 쥐여 주자 무슨 뜻인지 금세 알아차렸다. 곧이어 두 뺨이 발그레해지더니 두부의 입에 과자를 갖다 댔다. 두부 녀석은 배에 거지라도 든 것처럼 허겁지겁 과자를 삼키고는 그 애의 손을 핥았다. 사쿠라코도 두부에게 푹 빠진 게 눈에 보였다.

그날 이후 노가미 씨 가족은 토요일마다 우리 집에 왔다. 나는 노가미 씨와 아빠가 주말에도 못 쉴 만큼 업무상 의논할 게 산더미인 줄 알았다. 그렇게 한 달쯤 지났을까. 어느 날 노가미 씨 가족이 우리 집을 나선 후, 엄마가 내게 상의할 게 있다며 방에 들어왔다. 그때 난 비로소 깨달았다. 어른들의 세계는 우리 같은 아이의 머리로는 도저히 이해할 수 없다는 걸.

왜냐하면, 엄마가 나더러 두부를 사쿠라코에게 보내자고 했기 때문이다. 어떻게 그럴 수가 있지? 엄마는 나와 두부가 전생에서도, 이번 생에서도, 그리고 앞으로 몇 번을 다시 태어나도 서로 가장 아끼는 형제 사이인 걸 모르나? 난 즉각 폭발해서 소리쳤다.

"말도 안 돼! 말도 안 된다고!"

다음 날 아침, 이상하게도 엄마는 그 일을 더는 입에 올리지 않았다. 저녁을 먹은 후 온 가족이 거실에 앉아 텔레비전을 보는데 전화벨이 울렸다. 엄마가 통화하는 소리를 들으니 전화기 너머의 상대가 노가미 씨 부인이라는 걸 알 수 있었다.

"별말씀을요……. 애가 참 안쓰럽긴 해요……. 차라리 한 마리 새로 사 주면……. 네, 네, 네, 다르죠, 동물이랑 사람도 인연이란 게 있으니까."

하루가 지나고 전화가 또 왔다.

"그래요? 불쌍해라. 잘 타일러 보세요……. 밥은 먹여야죠, 한창 자랄 나이인데……. 천식이 발작했다니 이를 어째요……. 알아요, 알죠, 고생이 많으시겠어요……. 아무래도 아이들이잖아요. 저도 마음이 안 좋아서……, 아이고."

엄마는 통화하면서 탄식을 쏟더니 수화기를 붙든 채 일본 사람처럼 연신 절까지 했다. 아빠가 이마에 깊은 주름을 내며 인상을 찌푸렸다. 통화를 마친 엄마는 아무 말 없이 나와 두부를 슬쩍 쳐다봤다.

일주일이 지난 후 사쿠라코 가족이 또 찾아왔다. 집에 들어서자마자 노가미 씨 부인이 맹렬히 고개를 숙이며 사과했다.

"폐를 끼쳐서 정말 미안해요. 사쿠라코가 간밤에 내내 울더니 이른 아침부터 두부 보러 가자고 보채서요."

내가 두부를 꼭 끌어안고 있는데 사쿠라코도 달려와 두부를 안았다. 이런 말까지 하면서 말이다.

"빠빠, 나 보고 시퍼써, 빠빠랑 뚜브."

그 애는 두부를 위해 우리말도 떠듬떠듬 몇 마디 배워 왔다. 내가 발음을 고쳐 줬다.

"오빠야, 빠빠가 아니라."

사쿠라코는 삐뚤빼뚤한 덧니를 보이며 귀여운 목소리로 또 틀리게 말했다.

"빠빠, 나 빠빠 조아, 뚜브 조아."

우린 정원에서 두부에게 '구르기'를 가르치고 간식을 먹였다. 파란 하늘에 떠 있는 흰 구름처럼 사쿠라코의 두 눈이 맑게 빛났다.

집에 갈 시간이 되자, 사쿠라코가 두부 앞에 주저앉아 울음을 터뜨렸다.

"뚜브야……, 너무 따랑해. 뚜브야, 따랑해……."

이 말이 사쿠라코가 맨 처음 배운 중국어일 거라는 생각이 내 머리에 스쳤다.

앉은 채 버티는 사쿠라코를 억지로 잡아끌며 노가미 씨 부인이 90도로 머리를 숙여 사과했다.

"정말 미안합니다, 미안해요. 얘가 원래 말을 잘 듣는데, 교토의 할머니가 너무 보고 싶어서 그런가 봐요."

그러고는 더 안쓰러운 사연이 있다는 듯 부인이 말을 이었다.

"얼마 전에 사쿠라코가 일본인 유치원에서 괴롭힘을 당했어요. 선생님이 그러는데, 힘센 아이 몇 명이 텃세를 부리며 간식을 뺏었대요……."

부인이 눈물을 흘렸다.

우리 엄마도 따라 울었다.

두부를 안고 있던 팔에서 점점 힘이 빠졌다.

그날 밤 내 침대에는 나를 핥는 찐득찐득한 두부의 혀가 없었다. 엄마가 몸을 숙여 내 뺨을 어루만지며 말했다.

"고맙다. 오늘 네가 한 일은 어른도 하기 어려웠을 거야. 역시 우리 집에서 가장 대범한 사나이다워. 우리도 다시 다른 강아지를 입양할까? 잘 알아보면 네 맘에 쏙 드는 강아지가 있을 거야."

그날 내가 두부를 안고 있던 팔을 풀어 사쿠라코에게 목줄을 넘겼을 때 울음을 멈추고 환하게 웃던 그 애의 모습이 머릿속에 생생하다. 지금 생각해 보면 나도 그때 미소를 지었던 것 같다.

예전에 책에서 '가슴이 미어진다.'라는 표현을 보고 엄마에게 무슨 뜻인지 물어본 적이 있다. 그때 엄마가 "크면 알게 될 거야." 하고 말했는데 이제 그 뜻을 알게 됐다. 엄마가 방을 나간 뒤 나는 이불로 눈물을 훔쳤다. 아무리 훔쳐도 눈물이 흐르고 또 흐르다 나도 모르게 잠이 들었다.

그로부터 한 달이 지나고 사쿠라코 가족이 두부, 아니 이제 이름이 '뚜브'인 녀석을 데리고 우리 집에 놀러 왔다. 현관문을 열자 두부는 사쿠라코 뒤로 얌전히 따라 들어왔다. 영화 속 장면처럼 '옛 주인을 알아보고 와락 뛰어들어 안기는' 모습은 녀석에게 찾아볼 수 없었다. 우리가 함께 정원에 나가 놀 때도 두부 녀석은 여기저기 킁킁거리며 냄새를 맡다가도 사쿠라코의 곁으로 달려가 애교를 부렸다.

사쿠라코가 주머니에서 과자를 꺼내 내게 건네며 두부에게 주라고 했지만 나는 고개를 저었다.

그때가 그들이 우리 집에 놀러 온 마지막 날이었다. 그 후 아빠가 정말 승진했는지는 난 모를뿐더러 관심도 없다. 두부와 함께 지내던 시간이 물론 몹시 그립지만 그렇다고 뭘 어쩌겠는가.

두부가 마지막으로 다녀간 후 나는 어릴 때 끔찍이 아끼던 장난감들을 학교에 가져가 아이들에게 나눠 줬다. 다들 반짝이는 눈으로 "와!"를 연발하며 내게 고맙다고 인사했다. 난 기분이 무척 좋았다. 내가 진심으로 기쁜 건지 아니면 기뻐야 한다고 생각한 건지는 잘 모르겠지만.

그게 중요한 건 아니겠지. 그러니까 내 말은, 어쨌든 누군가 눈물을 흘리고 있다면 나 혼자 즐거울 수는 없지 않을까.

나는 초등학교 때 4년간 반장을 도맡았고 중학생이 된 지금도 마찬가지다. 반 아이들을 위해 나서는 게 좋고, 내가 한턱낼 때마다 "역시 다천이 최고다! 너랑 같은 반인 건 완전 행운이야. 여기 버블티가 너무 먹고 싶었는데……."라는 찬사를 듣는 건 더 좋다.

가끔 궁금할 때가 있다. 내가 두부를 그리워하는 것처럼 녀석도 날 그리워할까? 하지만 이 말은 입 밖으로 뱉으면 꼭 시시한 말장난처럼 들릴 것 같았다.

시간이 흐르면서 두부는 내 머릿속에서 점점 희미해져 갔다. 언젠가 다시 만나면 내가 녀석을 못 알아볼지도 모른다. 난 노가미 씨 가족이 지금도 타이베이에 살고 있는지 엄마한테 한 번도 묻지 않았다. 다시는 강아지를 키우고 싶지도 않다.

내 졸개인 샤오리는 두부보다 훨씬 낫다. 적어도 녀석은 사쿠라코인지 주먹코인지 들창코인지를 따라 나를 떠날 리가 없으니까. 나 역시 샤오리를 푸대접하지 않을 테고, 우리가 뭘 하고 뭘 먹든지 녀석의 몫을 빠뜨리는 일은 없을 거다.

중학생이 되자 초등학교 때보다 바빠졌고 친구들을 챙길 일도 훨씬 많아졌다. 이를테면 우리 반의 천사표 친구인 장량잉은 특별한 보살핌이 필요했다. 왜냐고? 녀석이 너무 착하기 때문이다.

사람이 너무 착하면 희생을 강요당하곤 한다. 난 그런 불공평한 일을 수수방관할 수 없다. 이 몸은 털끝만큼의 사심도 없이 아낌없이 베푸는 존재, 다천이니까. 두부마저 남에게 양보한 마당에 못 내놓을 게 뭐가 있겠어?

사실 그동안 나는 장량잉에게 뭘 해 주면 좋을지 알고는 있었지만 적당한 기회가 없었다. 그런데 학교 경비원 팡 씨 아저씨를 통해 매우 유용하고 따끈따끈한 정보를 손에 넣었다.

팡 씨 아저씨의 큰형이 우리 아파트에서 관리원으로 일하는데 언젠가 형을 찾아온 팡 씨 아저씨와 내가 동네에서 마주쳐서 인사한 적이 있다. 그 후로 난 교문 앞을 지날 때마다 경비실에 들러 팡 씨 아저씨와 잠깐씩 얘기를 나누곤 했다. 팡 씨 아저씨는 학교와 동네에 떠도는 온갖 소문을 꿰고 있었다. 나와 샤오리는 팡 씨 아저씨의 얘기를 듣는 게 굉장히 즐거웠다.

어느 날 팡 씨 아저씨가 아주 비밀스럽게 서랍에서 편지 한 통을 꺼내서는 그 위에 적힌 이름을 가리키며 물었다.

"쉐샤오펑이라고, 너희도 아는 애냐? 같은 반은 아니다만."

난 그 이름을 듣자마자 귀가 웅웅 울리고 심장이 쿵쾅거렸다. 쉐샤오펑, 그러니까 옆 반의 그 여자애는 지금 당장 영화를 찍거나 잡지의 표지 모델이 돼도 손색이 없을 만큼 예쁜 소녀다. 난 7학년 때 샤오펑을 처음 보고는 숨이 멎을 뻔했다.

초등학교 때 같은 반 여자애에게 반해서 강아지 그림의 필통을 선물한 적도 있지만, 샤오펑에게 설레는 감정은 그때와는 차원이 다르다. 어떻게 다른지 콕 집어서 설명하긴 어렵지만 말이다. 어쨌든 샤오펑만 보면 오늘은 어쩌면 이렇게 운이 좋을까 싶고, 세상에 모든 성가신 일들도 대수롭지 않게 느껴졌다. 그 애가 고개를 숙이며 웃는 모습을 내 눈으로 보다니.

한번은 샤오펑이 책가방에서 지갑을 꺼내는 걸 봤는데 거기에 고양이가 그려진 걸 보고 나도 고양이를 좋아하게 됐다.

하지만 지금껏 그 애와 인사할 기회가 없었다. 그렇다고 조급하진 않다. 좋아하는 감정을 몰래 가슴에 품고 천천히 떠올리며 상상하는 것만으로도 큰 행복이니까.

소문이라면 귀를 쫑긋 세우는 샤오리 녀석이 신나서 물었다.

"누가 보낸 편지예요? 어째서 집으로 안 보냈을까, 이상하네."

팡 씨 아저씨가 목소리를 한껏 낮춰 말했다.

"쉿, 내가 말한 건 비밀이다. 그 애 아빠가 쓴 편지인데, 몇 달에 한 통씩 보내는 것 같더라. 이따가 전해 주려고."

팡 씨 아저씨가 의기양양하게 말을 이었다.

"애 아빠가 사람이 참 좋더라, 으스대지도 않고. 나한테 선물까지 줬다니까."

팡 씨 아저씨는 탐정 영화라도 찍는 것처럼 좌우를 경계하더니 마침내 핵심을 털어놨다.

"그 사람이 바로 유명한 영화배우 친바이야. 샤오펑은 사생아고.

샤오펑 엄마는 친바이가 유부남인지 까맣게 몰랐다더라. 딸을 임신한 후에 사실을 알고는 애 아빠랑 인연을 딱 끊었대. 그래서 애 아빠가 딸한테 몰래 편지를 보내는 거지."

이 정도면 대단한 특종인데 왜 지금껏 한 번도 기사에 나오지 않았을까? 팡 씨 아저씨가 어깨를 으쓱했다.

"작년에 뉴스에서 본 것 같기도 하고. 뭐, 요즘 세상엔 날마다 놀라운 기사가 쏟아지니까 스타의 숨겨 둔 딸 같은 건 그다지 신기한 소식도 아니지."

샤오리가 물었다.

"근데 왜 딸한테 편지를 보내는 거래요? 어째서 아예 집으로 데려가지 않죠?"

"자꾸 캐묻지 마라, 남의 사생활이니까."

여태 남의 비밀을 폭로한 게 누군데 갑자기 사생활을 운운하다니, 정말 앞뒤가 안 맞다.

혹시라도 언젠가 내가 어마어마하게 중요한 비밀을 알게 되었는데, 국가 정보 기관이 나서서 나더러 그 비밀을 팡 씨 아저씨에게 말해 주라고 명령해도 절대로 따르지 말아야겠다.

내가 샤오펑을 좋아한다는 사실은 아무도 모르고 아무한테도 알리고 싶지 않다. 그 애가 좋아하는 사람은 내가 아니라 우리 반 장량잉이다. 그 사실을 알고 한동안 마음이 아프긴 했지만, 다시 생각해 보니 그럴 만도 했다. 내가 고백한 적이 없으니 아마도 그 애는 이 세상에 다천이라는 남자애가 있는지도 모를 거다. 게다가 그 남자애가 남몰래 자신을 마음속 가장 멋진 액자에 담아 소중히 간직하는 것도 알 리가 없을 테고. 언젠가 기회가 오겠지. 일단 지금은 어떻게 하면 좋을지 곰곰이 생각해 봐야겠다.

나는 샤오펑이 장량잉을 특별하게 여긴다는 사실을 우연히 알게 됐다. 어느 날, 친구들에게 망고빙수를 사 주는데 마침 옆 테이블에 샤오펑네 반 아이들이 있었다. 그중 여자애 하나가 우리 테이블에 다가와 한 녀석에게 인사했다. 둘은 초등학교 때 친구라고 했다. 그 여자애가 이런저런 얘기를 하다가 무척 놀라운 사실을 흘렸다.

"너희도 이건 절대 못 믿을걸. 우리 반 퀸카 샤오펑이 너희 반 장량잉을 좋아해."

샤오리가 맨 먼저 소리쳤다.

"장량잉을? 와, 엄청난 뉴스인데!"

나는 너무나 실망스럽고 가슴이 찢어지는 듯했지만 애써 침착하게 물었다.

"증거 있어?"

여자애가 대답했다.

"샤오펑이 초콜릿을 가져와서 쉬는 시간에 열심히 포장하더라고. 뭐라고 쓰는지 내가 슬쩍 봤는데 분명 '16번지 5층'이었어. 장량잉네 집 주소 말이야."

추리가 어찌나 빈틈없고 완벽한지 탐정 사무소에서 나왔나 싶을 정도였다.

"흐음, 장량잉한테 보내는 게 확실해? 장량잉 엄마한테 보내는 걸 수도 있잖아?"

이 질문이 바보 같다는 건 나도 알지만 그래도 의심하지 않을 수 없었다. 샤오펑이 주소만 적었지 수신인을 적진 않았으니까.

여자애가 눈을 흘기며 퉁명스럽게 대답했다.

"다음 날이 밸런타인데이였는데, 네 생각엔?"

내 생각엔, 진상이 무엇이든 샤오펑을 향한 내 감정은 그대로일 테고 그 애를 보호하고 싶은 마음도 변치 않을 것이다. 만약 그 애가 장량잉을 좋아한다면 내가 이어 줘야지.

그로부터 며칠 뒤 내 마음을 시험하는 사건이 생길 줄은 정말 몰랐다. 아침에 교문을 지나는데 팡 씨 아저씨가 조심스럽게 말을 건넸다.

"편지가 또 왔다."

난 잠시 어리둥절했다가 무슨 말인지 겨우 깨달았다. 샤오펑 아빠가 딸에게 보내는 비밀 편지 얘기였다. 순간 좋은 생각이 떠올랐다.

"제가 샤오펑에게 전해 줄게요."

"안 돼! 애 아빠가 나한테 선물까지 줬다고."

팡 씨 아저씨가 갑자기 의리의 사나이라도 된 듯 단호하게 거절했다. 나는 아저씨를 안심시켰다.

"걱정하지 마세요, 저 샤오펑이랑 친해요. 실은 아저씨한테 듣기 훨씬 전부터 샤오펑의 사정을 알고 있었어요. 우린 비밀 단짝이거든요."

이런 거짓말을 늘어놓을 용기가 대체 어디에서 솟았는지 모르겠다. 더 황당했던 건, 팡 씨 아저씨가 내 말을 철석같이 믿고는 서랍에서 편지를 꺼내 나한테 넘겼다는 사실이다.

아무리 부득이한 경우라도 중요한 임무는 절대로 팡 씨 아저씨한테 맡기면 안 된다는 게 다시금 확실해졌다.

사실 내 계획은 아주 간단하다. 그 편지가 내 연애편지인 척하면서 장량잉더러 샤오펑에게 전해 달라고 하는 거다. 둘이 같은 건물에 사니까 마주칠 기회도 많지 않냐며 말이다. 이 계획을 생각한 데에는 두 가지 근거가 있다. 첫째, 장량잉은 무척 착한 아이라 남의 부탁을 거절한 적이 없다는 점. 둘째, 장량잉과 샤오펑 둘 다 수줍음이 많아서 반드시 얘기를 나눌 수밖에 없는 상황을 만들어 줘야 한다는 점.

내가 이렇게까지 신경을 썼으니 그들도 나한테 고마워하겠지. 어쩌면 샤오펑이 이 일을 계기로 내 진면목을 알고는 내게 관심을 갖기 시작할지도 모른다. 그렇게 되면 나도 그 애의 호감을 얻으려고 제대로 노력할 텐데. 나와 장량잉이 동등한 조건에서 사랑을 쟁취해야 비로소 공평한 건데 말이다. 그게 아니라면 대범한 나의 모습과 맞지 않다.

그나저나 감정이란 것도 대범하게 다뤄야 하는 걸까? 에잇, 그만 생각하자.

나는 반 아이들이 보는 앞에서 대수롭지 않은 듯 장량잉에게 편지를 건네며 일부러 이렇게 말했다.

“이거 연애편지인데, 판판에게 전해 줘.”

판판은 언제나 유쾌한 아이라서 그 애를 갖고 농담하면 다들 재미있어한다.

“다른 사람한테 들키면 절대 안 돼. 음, 걔네 반 애들한테 들키지 말라고. 이건 우리 반의 특급 비밀이니까.”

실은 샤오펑에게 보내는 연애편지라고 장량잉에게 밝히면서 특별히 힘주어 주문했다.

그렇게 말해 둬야 녀석이 샤오펑과 단둘이 있게 됐을 때 행동을 개시할 테니까. 그래야 샤오펑도 장량잉에게 좋아한다는 말을 꺼내기 쉬울 것이다.

아무래도 난 정말 착한 사람인 것 같다. 내가 좋아하는 여자애와 연적이 단둘이 만나 사랑을 속삭일 수 있게 온갖 꾀를 짜내고 심지어 행동에 옮기다니. 혹시 내 머리가 어떻게 된 건 아닐까?

샤오리와 하굣길을 걸으며 웃고 떠들면서도 마음 한구석이 괴로웠다. 예전에 두부를 보냈을 때와 조금 비슷한 느낌이랄까. 그렇지만 난 괜찮다. 이런 기분은 곧 사라질 테니까.

용감한 판판의 이야기

내 이름은 판판이다. 지금껏 나는 용감해야 한다고 강요당하며 살아왔다. 대체 누가 그랬냐고? 당연히 온 세상, 아니 실은 나 자신이다. 나는 우리 가문에 누가 되지 않는 아주 용감하고 착한 아이다. 남한테 용감하다고 칭찬받는 사람을 볼 때마다 솔직히 동정심부터 든다. 얼마나 힘들지 잘 아니까.

용감하다는 건 하나의 미덕이지만 절대로 벗으면 안 되는 가면 같기도 하다. 인생이라는 무대에서 내게 그런 역할이 맡겨졌고 심지어 옆에서 응원하는 감독까지 있어서 중간에 그만둘 수가 없는 거다.

슬픈 영화나 소설을 보면서 눈물 콧물을 쏟는 게 힘들까, 아니면 울음을 꾹 참는 게 힘들까?

아빠 말로는 내가 엄청난 울보였다고 한다. 세상에 태어난 그 순간부터 나는 '날마다 삼시 세끼에 새참과 야식 때까지 챙겨서 우는 아기'로 통했다.

어째서 먹는 것에 빗대어 말하냐고? 내가 먹는 걸 워낙 좋아해서다. 엄밀히 말하면 우리 가족 모두가 식성이 남다르다. 우리에게 가장 흔한 가족 나들이는 '어디 가서 맛있는 거 먹는 일'이다. 짐작이 가고도 남겠지만 아빠, 엄마부터 남동생과 여동생까지 우리 다섯 식구 전부가 어쩔 수 없이 무척 뚱뚱하다.

아빠의 눈엔 나처럼 우람하고 키도 큰 여자애가 걸핏하면 눈물을 찔끔거리는 모습이 못마땅했나 보다. 내가 기억하기에 태어나서 처음 들은 꾸중도 그 때문이었다. 아빠는 고함까지 지르며 나를 혼냈다.

"아니, 만화를 보면서 울 일이 대체 뭐냐? 우리 부농족• 조상이 옛날에 얼마나 용맹했는데!"

아빠는 순수 혈통이고 엄마는 절반만 부농족이다. 두 분은 본래 중학교 동창이었는데 어른이 된 후 타이베이에서 일하다가 우연히 다시 만나 사랑하게 됐고 결혼해서 세 아이를 낳았다. 텔레비전에 부농족 출신 가수가 나올 때마다 아빠는 박수를 아끼지 않았다.

"노랫소리가 참 낭랑하고 시원시원하네. 감정까지 절절하고!"

그러고는 아빠가 고개를 돌려 나를 힐끔 쳐다봤다.

"명심해. 용사의 후예로서 조상님 얼굴에 먹칠하면 안 된다. 씩

• 오래전부터 대만에 터를 잡고 살아온 원주민 부족의 하나.

씩하고 용감해야지, 걸핏 하면 울지 말고."

제멋대로인 내 남동생이 겁도 없이 물었다.

"아빠, 아빠도 예전에 사람을 사냥한 적 있어요? 다람쥐 머리는 몇 마리나 잡았어요?"

난 아빠가 남동생을 조금 편애한다고 어렴풋이 느꼈다. 녀석이 아무리 뚱딴지 같은 질문을 쏟아 내도 아빠는 전혀 개의치 않았고 허허허 웃으며 대답했다.

"다람쥐 머리는 마리로 세는 게 아니란다."

나는 소설이나 영화 보는 것을 좋아했고 내용이 슬플수록 푹 빠져들었다. 엉엉 울어서 온 얼굴이 눈물범벅이 될수록 더 좋았다. 그때마다 아빠는 나를 보며 혀를 찼지만 아랑곳하지 않고 그저 책 속의 슬픈 상황에 빠져서 주룩주룩 눈물을 흘렸다. 나는 엄마한테 이런 말을 한 적도 있다.

"눈물은 마치 끊어진 진주 목걸이 같다고 책에서 봤는데, 그 말이 진짜 딱 맞는 것 같아."

난 엄마가 세상에서 가장 좋았다. 뭐든 다 이해해 주는 엄마한테는 바보 같은 얘기를 맘껏 늘어놓으며 어리광을 피울 수 있었고 그때마다 엄마는 고개를 끄덕이며 웃었다. 엄마는 굉장히 뚱뚱해서 걸을 때마다 헐떡이며 숨을 몰아쉬었는데 그때마다 아빠가 잔소리를 빠뜨리지 않았다.

"좀 적당히 먹으라니까 말을 안 듣고는."

사실 내가 보기엔 엄마가 특별히 식탐이 많은 건 아니다. 혹시 우리가 먹을 게 모자랄까 봐 항상 넉넉하게 준비했다가 음식이 남으면 버리기 아까워서 남은 밥과 반찬을 열심히 먹어 치울 수밖에 없었던 거다. 하루가 지난 음식은 아빠가 입에도 대지 않기 때문이다. 전날 만든 음식을 데우면 독성이 나와서 건강에 안 좋다는 뉴스를 봤다고 했다.

7학년 때 우리 반에서 과학을 가장 잘 아는 페이쥔에게 슬쩍 물어본 적이 있다. 하루가 지난 음식을 데우면 정말 독성이 생기냐고 말이다. 녀석은 자료를 찾아보고 직접 실험까지 한 후에 결과를 알려 주겠다고 했다. 난 잠시 고심한 다음 고개를 저으며 말했다.

"됐어."

어쨌든 아빠 말은 우리 집에서 하느님 말씀과 다름없으니까 독성이 있다면 있는 거다. 사실 페이쥔에게 물어볼 때도 독성이 진짜 있는지 여부는 내게 아주 중요한 일이 아니었다.

다시 초등학교 시절의 얘기를 해 볼까 한다. 4학년 때 온 가족이 고향인 난터우에 간 적이 있다. 아빠는 우리 세 남매에게 특별히 숲속 생활을 체험하게 하려고 1박 2일 야영을 계획했다. 남동생이 아빠에게 대뜸 물었다.

"거기 인터넷 연결돼요? 지금 게임에서 다음 레벨로 올라가기 직전인데."

간만에 아빠가 남동생을 제대로 흘겨봤다.

"야영이란 게 원래 문명 생활에서 벗어나는 건데 인터넷이 다 뭐냐? 게임기는 가져가지 마."

그날 밤 우리는 별빛 아래에서 노래를 부르고 이야기를 나눴다. 솔직히 무척 즐거웠다. 밤하늘에 별이 가득한 광경은 처음이었고 믿을 수 없이 아름다웠다. 시끄럽게 떠들던 남동생 녀석마저 잠시 입을 다물더니 가만히 중얼거렸다.

"하늘에 별이 이렇게나 많았구나."

"그래, 도시에선 빛 공해가 심해서 별이 많이 안 보이지."

아빠는 잊지 않고 강조했다.

"우리 몸속에 흐르는 원주민 정신을 잊으면 안 돼. 대자연을 존중하고 원시의 대지를 더 가까이해야 한다. 선조들처럼 아무것도 두려워하지 않는 용기도 가져야 하고."

아빠의 말에 남동생이 못 참고 또 꼬투리를 잡았다.

"저번에 공포 영화 볼 때 아빠가 무섭다고 막 소리 질렀잖아요."

온 가족이 웃음을 터뜨렸다. 아빠도 머쓱하게 웃었다.

"그러니까 공포 영화라고 부르는 거지. 연기를 정말 실감 나게 잘하더라."

한밤중에 오줌이 마려워 잠에서 깬 나는 엄마를 붙잡고 흔들었다. 근처 공중화장실까지 같이 가 달라고 부탁하려고 말이다. 하지만 내가 아무리 흔들어도 엄마는 깨지 않고 코까지 골았다.

그다음으로 남동생과 여동생도 흔들어 봤지만 둘 다 세상모르고 쿨쿨 잠만 잤다. 화장실이 점점 급해진 나는 용기를 내서 아빠를 흔들었다. 천둥소리같이 요란하게 코를 골며 곯아떨어진 아빠는 내가 죽어라 흔들어도 커다란 바윗덩어리처럼 꿈쩍도 안 했다.

하는 수 없이 눈 딱 감고 텐트 밖으로 나왔다. 빛 공해가 없는 야영지가 그때만큼은 공포 영화의 한 장면처럼 무서웠다.

저 숲속 어딘가에 하얀 옷을 입은 여자 귀신이 매달려 있는 건 아닐까? 몇 걸음 가다가 뒤돌아보면 빨간 옷을 입은 여자애가 뒤에서 있지는 않을까? 온갖 상상을 하며 바들바들 떨리는 몸으로 천천히 화장실을 향해 발을 뗐다.

칠흑 같은 어둠 속에서 공중화장실의 어스레한 불빛은 너무나 섬뜩해 보였다. 화장실 문을 열면 해골이 튀어나오는 거 아냐? 에이, 이게 다 아빠 때문이다. 아빠는 온 가족을 데리고 공포 영화 보러 가는 걸 좋아했다. 우리의 담력을 키워 주기 위해서라고 말이다. 난 그냥 천성적으로 겁이 많은데.

금방이라도 방광이 터질 듯해서 걸음을 재촉하려는데 갑자기 뒤에서 바스락거리는 소리가 났다. 으악, 뭐지? 온몸에 소름이 돋았다. 무슨 일인지 뒤돌아봐야 하나? 그냥 무시하고 얼른 갈까?

괜히 야영을 와서는! 잔뜩 겁에 질린 나는 눈물이 터졌다.

"으이그, 또 우네!"

아빠였다. 아까 내가 흔들어서 잠에서 깬 건지 아니면 맥주를 많이 마신 탓에 화장실이 급해져서 나를 따라온 건지는 알 수 없었다.

"말도 없이 불쑥 나타나면 어떡해요?"

나는 화가 난 나머지 화장실에 가는 일도 잊은 채 볼멘소리를 했다.

"놀라서 심장이 멎을 뻔했다고요!"

아빠도 짜증이 났는지 내 머리를 톡 때렸다.

"얼른 화장실에나 가. 왜 소리는 지르고 그러냐? 조상님의 영혼이 너 때문에 깜짝 놀라서 하늘로 올라가 버렸겠다."

볼일을 마친 후 나는 텐트 밖에 앉아서 펑펑 울었다. 들어가 잠을 청할 기분이 아니었다. 어릴 적부터 아빠 때문에 속상했던 일들이 줄줄이 떠올랐다. 이를테면 혼자서는 나가서 분유 한 통도 못 사 오는 겁쟁이라고 혼났고, 불 끄면 무서워서 잠을 못 잔다니 한심하다고 혼났고, 이야기 책을 보며 눈물을 짜는 모습이 창피하다고 혼났고……. 그런 일들이 조금씩 쌓이면서 아빠와 나 사이에 거리가 생겼다. 난 아빠가 미웠다. 아빠는 책에 나오는 '가부장적인 남자'가 따로 없다.

내가 울음을 멈출 기미가 없자 아빠는 아예 내 옆에 자리를 잡고 앉았다. 그런데 이번엔 어쩐 일로 나를 혼내지 않았다. 잠시 아무 말도 없던 아빠가 조용히 입을 뗐다.

"너한테 기대가 아주 많아. 너는 맏이니까 동생들의 모범이 되어야지."

난 그 말에 더 화가 났다. 맏이로 태어난 게 무슨 죄라고 꼭 모범이 되어야 하는데? 내가 원하는 모습이 아닌데도 무조건 어른들의 바람대로 살아야 하는 거야?

아빠가 계속해서 말했다.

"그거 알아? 실은 엄마가 건강이 많이 안 좋아. 당뇨병 때문에…….”

난 아빠의 말을 잘 이해할 수 없었다. 게다가 슬슬 잠이 쏟아지면서 하품이 나오기 시작했다. 아빠는 하는 수 없이 나더러 들어가서 자라고 했다. 내일 등산해야 하니까 푹 쉬어 두라고 말이다.

막상 아빠는 텐트 밖에 있었다. 아빠가 얼마나 더 그렇게 앉아 있었는지는 잘 모르겠다. 밤하늘에 총총했던 별들만이 알겠지.

그 후로 비슷한 일이 생길 때마다 구체적인 상황은 달라도 아빠의 결론은 늘 같았다.

“더 용감해야 해.”

시험을 못 봐서 혼나면 그건 선생님이 나를 위하는 마음에 그런 거고, 반 아이들한테 뚱보라고 놀림을 당해도 그러게 누가 사탕을 그렇게 많이 먹으랬냐면서 편을 들지 않았다. 그러면서 내가 얼마나 용감하게 문제를 해결할 수 있는지를 세상이 시험하는 거라나.

하지만 난 솔직히 용감하기도 싫고, 참고 견디고 싶지도 않았다.

내가 막 5학년이 됐을 때 엄마는 쓰러졌다.

꼬박 반년 동안 아빠는 도움받을 친척도 없이 직장과 병원을 오가느라 바빴다. 매장에서 관리 업무를 담당하던 아빠는 다행히 동료에게 일을 부탁하고 휴가를 냈다. 다른 동료들도 모두 양해해 줬다. 그때 아빠는 몸이 두 개라도 모자랄 정도였기 때문에 난 어쩔 수 없이 온갖 집안일을 도맡았다.

그즈음 부쩍 철이 든 동생들은 알아서 집안일을 거들었다. 남동생은 청소를 맡고 여동생이 빨래를 개켰다. 나는 서툴고 굼뜬 손으로 저녁 차리는 연습을 했다. 아침과 점심은 밖에서 해결할 수 있지만 아무래도 저녁밥은 직접 요리해야 했고, 아빠가 다음 날 가져갈 도시락도 준비해야 했다.

다행히 웬만한 요리법은 인터넷에서 찾을 수 있었다. 나는 되도록 값싼 재료로 간단히 만들 수 있는 요리를 골랐다.

나한테 가장 곤혹스러운 부분은 주말에 시장에 가서 일주일 치의 장을 보는 일이었다. 진작에 엄마를 따라서 시장에 다니지 않은 게 후회스러웠다. 고기를 살 때 어떤 부위로 달라고 해야 하지? 보관하기 좋은 채소는 뭘까? 간장은 어느 브랜드를 사야 하나? 그 와중에 가장 두렵고 궁금한 건 이거였다. 돈이 부족하면 값을 깎아도 될까? 대체 어떻게 입을 떼서 "제가 돈을 많이 안 갖고 와서요. 좀 싸게 주시면 안 될까요?"라고 말할 수 있을까. 난 또 울고 싶어졌다.

아빠가 내게 장 보라고 주는 돈이 갈수록 줄었다. 그래도 아빠는 집에 돌아올 때마다 억지로라도 웃음을 지어 보이며 우리에게 좋은 소식을 전했다.

"어제는 엄마 상태가 꽤 괜찮았어."

매일 밤 숙제를 마치면 우리 세 남매는 풀이 죽은 채 텔레비전 앞에 둘러앉았다. 남동생은 이제 게임 포인트를 올릴 돈이 없다는 것에 불평하지 않았다. 난 살짝 눈물이 날 것 같아서 녀석을 껴안으며 말했다.

"너 정말 의젓하다. 아주 씩씩해."

그래, 지금 우리는 해낼 수 있을지 없을지를 떠나서 아빠가 항상 말하던 것처럼 무조건 씩씩하게 버텨야 한다. 부농족의 용맹함을 이어받았든 아니면 선조들에게 떳떳하기 위해서든 간에 말이다. 젖 먹던 힘까지 짜내서 용감하게 눈앞의 시련을 이겨 내야 한다. 그렇지 않으면, 고작 백 위안•으로 어떻게 일주일 치의 장을 보겠어?

마침내 나는 입을 떼 친절해 보이는 채소 가게 아주머니에게 부탁했다.

"양배추를 한 포기 사면 대파 두 줄기랑 생강 한 개도 주실 수 있나요?"

순간 나는 조상님이 하늘 위에서 고개를 끄덕이며 웃는 모습을 본 듯했다.

아주머니는 과연 마음씨가 참 고왔다. 내게 대파와 생강뿐만 아니라 청경채까지 한 움큼 챙겨 줬다. 그 후로 나는 일요일마다 거기서 채소를 샀고, 아주머니도 늘 상냥하게 이런저런 채소를 덤으로 줬다. 한번은 아주머니가 일부러 나를 불러 세우더니 고구마 한 봉지를 안겨 주며 물었다.

"넌 어느 부족이니?"

아주머니는 아메이족•이라고 했다. 이목구비도 또렷하고 눈도

● 우리 돈으로 약 4000원에 해당함.

● 부농족과 마찬가지로 대만에 사는 원주민 부족의 하나.

커서 누가 봐도 원주민 미녀인 나와는 달리 자기는 겉모습으론 원주민인지 잘 모를 거라면서 말이다. 나는 쑥스럽게 웃었다.

"제가 무슨 미녀예요, 이렇게 뚱뚱한데. 아주머니는 날씬하고 예쁘신데요."

아주머니가 한숨을 내쉬었다.

"난 고생해서 마른 거야, 모델처럼 보기 좋게 날씬한 게 아니라."

말을 마친 아주머니는 직접 키운 거라며 방울토마토 한 봉지를 내게 건넸다. 나도 답례로 뭔가 선물할 게 있으면 좋으련만. 남동생 말처럼 당연히 불가능한 일이지만 말이다.

"지금 우리 집은 경제 위기야."

엄마의 병을 계기로 우리 세 남매는 더 똘똘 뭉쳤다. 셋이 함께 등굣길에 나설 때면, 나는 혹시 누군가 동생들을 괴롭히지는 않을지 두 눈을 크게 뜨고 사방을 살핀다. 남동생 녀석은 종종 생각 없이 말을 뱉어서 미움을 샀다. 아빠는 녀석에게 입은 못된 말에 쓰는 게 아니라 맛난 음식을 먹고 좋은 말을 하기 위해 있는 거라고 알려 주곤 했다. 그러면 녀석은 장난기 가득한 표정을 지으며 대답했다.

"그냥 농담한 거예요."

얼마 전에 동생네 반 친구의 아빠가 우리 집에 전화를 걸어 하소연한 적이 있다. 동생이 안경을 쓴 자기 아들을 안경뱀•이라고 놀

● 머리 뒤쪽에 안경 모양의 둥근 무늬가 있는 코브라의 일종.

렸다고 말이다.

아빠는 전화기를 붙잡고 사과하느라 바쁜데 옆에서 녀석이 내게 속삭였다.

"안경뱀이 얼마나 잘 싸우는데, 그렇게 부른 건 칭찬이라고."

통화를 마친 아빠가 그날 밤 녀석을 단단히 혼냈다. 아빠의 요점은 한마디로 이거였다.

"조상님들 보기 부끄러운 줄 알아야지. 못된 말로 남의 기분을 상하게 하면 안 돼."

녀석이 고개를 떨군 채 입을 다물자 아빠는 언성을 더 높이더니 아예 우리 세 남매 모두에게 연설을 시작했다.

"봐, 너희도 혼나면 기분이 안 좋잖아. 다른 사람도 다 마찬가지야. 너희한테 욕을 듣고 싶지도, 놀림을 당하기도 싫을 거야."

아빠는 금쪽같은 명언을 참 많이 안다. 실은 아빠도 어릴 때부터 할아버지한테 그 비슷한 잔소리를 듣고 자랐다고 엄마가 알려 줬다. 말하자면 대대로 전해 내려오는 훈계인 셈이다.

엄마가 퇴원하기 전까진 모든 걸 우리가 알아서 해야 한다. 그러니 혹시라도 남동생이 밖에서 사고 치는 일이 없도록 내가 녀석에게 명언을 들려주는 존재가 되어야 했다.

며칠 전 녀석이 학교에 가는데 어떤 아이가 무슨 이유에서인지 뒤에서 자기를 발로 찼다고 했다. 그때부터 나는 골목대장이라도 된 것처럼 규칙을 정했다. 등하굣길은 무조건 셋이서 함께 움직이자고.

수줍음 많은 겁쟁이였던 나는 동생들을 이끌고 세상을 헤쳐 나가는 용감한 아이로 조금씩 바뀌었다.

이것도 나쁠 건 없다. 난 부농족의 딸이고 지금처럼 씩씩한 모습이어야 하니까. 병원에 있는 엄마도 내가 엄마를 대신해서 우리 가족을 지켜 주길 바랄 테고.

초등학교를 졸업하던 날, 아빠가 졸업식에 못 오는 건 당연했다. 내가 평생토록 가장 잊을 수 없는 일은 바로 그날 엄마가 돌아가신 거다. 아빠는 내게 곧장 알리지 않았다. 내가 졸업장을 잘 받을 수 있게 신성한 졸업식을 중단시키지 말라고 엄마가 부탁했다고 한다. 중학교까지만 다닌 엄마는 나중에 우리 세 남매가 받는 졸업장마다 예쁜 꽃무늬 액자에 넣어 거실에 걸어 둘 거라고 말했다. 매일 밤 집에 돌아와서 벽에 걸린 졸업장을 보면 일이 아무리 힘들어도 즐거울 것 같다면서 말이다.

예전에 남동생은 일부러 엄마를 놀리기도 했다.

"내가 게임 레벨이 올라가서 받은 인증서도 한 장 인쇄해서 줄까? 벽에 걸어 놓게."

엄마는 동생을 나무라지 않고 그저 웃으며 말했다.

"너희는 아직 어려서 모르겠지만, 나중에 크면 엄마 마음이 이해될 거야."

엄마의 장례식은 아주 단출했다. 찾아온 친지도 많지 않았을뿐더러 대부분 내가 모르는 사람들이었다. 다들 내게 거의 똑같은 말을 했다.

"이제부턴 네가 엄마 대신 동생들을 잘 돌봐야 한다. 꿋꿋하고 용감하게, 알겠니?"

난 그저 연신 고개를 끄덕였다.

아빠는 야간 경비 일을 더 늘렸다. 우리 가족의 일상은 이제 네 명이 채워 가게 됐다. 자주 즐기던 나들이 대신 집에서 텔레비전을 보았다.

나는 그 채소 가게 아주머니와 아주 친해졌다. 어느 날 내가 아빠에게 물었다.

"아빠, 아주머니를 우리 집에 초대해도 돼요? 오후면 장사가 끝나거든요."

아빠가 정색하며 나를 바라봤다.

"괜히 일 만들지 마. 그리고, 앞으론 남이 주는 거 이유 없이 덥석 받지 말고. 사람이 자존심이 있어야지."

알고 보니 남동생이 아빠한테 몰래 일렀던 거다. 내가 맨날 욕심을 부려서는 아주머니한테 이것저것 달라고 했다고 말이다.

나는 울컥해서 반박했다.

"내가 무슨 거지인 것처럼 말하지 마세요. 시장에서 흥정할 때 정말 큰 용기가 필요했다고요. 그리고 아주머니는 모든 사람에게 친절해요, 얼굴도 예쁘고요."

마지막 말이 아빠가 늘 얘기하던 '예쁜 사람이 착한 사람이다.'라는 항목에 접수가 안 된 게 분명했다. 아빠한테 세계 최고의 미인은 영원히 엄마일 거다. 아빠가 매일 엄마 사진을 뚫어져라 쳐다

보는 것만 봐도 알 수 있다.

어느 날 나는 밤에 설거지하다가 실수로 접시를 깨뜨려 손을 다쳤다. 지혈하고 약을 발라 주던 아빠는 내가 눈을 질끈 감은 채 비명을 참는 모습을 보고는 한숨 쉬며 말했다.

"판판, 참을 필요 없다. 씩씩한 척 안 해도 돼."

그 말에 눈을 뜬 나는 참 난감했다. 아빠가 예전부터 입버릇처럼 말하던 가훈이 "용감하고 꿋꿋해라, 겁낼 거 없다."였는데 설마 그걸 잊은 걸까?

아빠는 면봉으로 조심스럽게 약을 바르며 말했다.

"나도 뭐라고 해야 좋을지 모르겠다. 아무튼, 네가 너무 꾹 참는 걸 보고 싶지는 않구나. 넌 아직 어린데, 이렇게 많이 희생하는 게 마음에 걸려."

그때 남동생이 다가와 내 상처를 '감상'하며 재잘거렸다.

"누나가 뭘 희생했다고 그래요? 누나한테 단속당하느라 희생된 사람은 바로 난데. 어찌나 옴짝달싹하지 못하게 하는지 숨이 턱턱 막힌다고요."

아빠도 참 고민이 많을 것 같다. 인생의 길목엔 예상치 못한 돌부리가 끝도 없이 나타난다. 우리가 걸려 넘어져서 머리가 깨지고 피가 나길 기다리면서 말이다. 그 돌부리들은 대체 어디서 자꾸 튀어나오는 걸까?

7학년으로 올라가기 직전의 여름 방학이었다. 텔레비전에서 노래 경연 프로그램이 방송됐다. 우리 가족은 시간 맞춰 방송을 지켜보며 열띤 토론까지 벌였다. 상위 열 명 안에 들어간 출연자 중 다섯 명이 원주민 혈통이었기 때문이다. 아빠는 열심히 시청하며 평론을 곁들였다.

"산골 출신들이 원래 목소리가 청아하다니까. 우린 타고난 가수가 따로 없지."

남동생이 아빠를 부추겼다.

"아빠도 저기에다 신청해요. 1등 해서 앨범 내면 돈도 엄청나게 벌 수 있을걸요."

아빠는 탁자까지 두드리며 껄껄 웃었다.

"네가 해 보지 그러냐. 돈 벌어서 나한테 효도도 좀 하고."

그러고는 둘이 함께 나를 돌아보았다. 남동생이 나를 빤히 바라보며 말했다.

"누나가 한번 나가 봐. 학교 합창반에도 들었으니까 웬만큼 잘 부르겠지."

내가 뾰로통하게 답했다.

"아예 두 부자가 팀을 결성해서 바보 노래 대회나 나가지 그래."

난 어려서부터 노래 실력이 썩 좋지는 않았다. 선생님이 나를 합창반의 메조소프라노로 뽑은 건 아쉬운 대로 머릿수를 채우기 위해서였다.

아빠까지 나서서 남동생을 거들었다.

"엄마도 네가 꼭 슈퍼스타가 되길 바랄 거야. 봐라, 네 이름마저 누구라도 기억할 수 있게 '판판'이라고 지어 줬잖냐. 아마 사람들은 작명가가 특별히 지은 예명인 줄 알걸."

이름 덕분에 새 학년으로 올라갈 때마다 아이들이 나를 가장 먼저 기억하긴 했다. 어째서 이름을 이렇게 지었냐고 엄마한테 물어본 적이 있었다. 그때 엄마는 얼렁뚱땅 넘겼다.

"기억하기 좋고 듣기도 좋잖아, 드럼 소리처럼 리듬감도 있고."

문득 엄마가 떠오르자 눈물이 왈칵 쏟아졌다.

난 방에 들어가 침대에 누운 채 엄마 사진을 꼭 끌어안았다. 엄마, 하늘에서 잘 지내요? 거기에도 맛집이 있어요? 내 이름은 드럼 소리를 따서 지은 건가요? 혹시 내가 나중에 드럼 연주가가 되기를 바란 거예요?

다음 날, 최고의 드럼 연주가가 누군지 인터넷에서 찾아보다가 새로운 단어 하나를 알게 됐다. 바로 '재즈 드럼'이었다. 그게 뭐냐고 아빠에게 물었더니 아빠도 잘 모르겠다면서 대신 옛날 일을 얘기해 줬다. 아빠가 젊었을 때 카페에서 라이브 공연을 봤는데 그중 가장 인기 있는 밴드가 무대에 오르자 친구가 아빠한테 자세히 설명해 줬다고 한다. 저게 전자 기타, 저건 베이스 기타이고, 저기 드럼 치는 사람이 대만에서 굉장히 유명한 재즈 드럼 연주가라고.

"흥이 나는 대로 자유롭게 드럼을 친다고 해야 할까. 어쨌든 실력이 대단한 거물급 연주가니까 그렇게 말했겠지."

그들은 돈도 많이 벌 거라는 게 아빠의 결론이었다.

나는 그때 바로 결심했다. 재즈 드럼 연주가가 되겠다고. 우선

교회의 한 오빠에게 도와 달라고 부탁했다. 음대 학생인 그 오빠는 내 꿈을 듣고는 눈을 동그랗게 뜨며 반가워했다.

“정말 멋있다! 여자가 재즈 드럼을 연주하다니! 내가 알아봐 줄게. 친한 녀석 중에 나름 고수가 하나 있거든.”

처음에 아빠는 허락하지 않았다. 혹시라도 나쁜 사람을 만날 수 있는 데다 교습비를 낼 돈도 없다고 말이다. 재즈 드럼 교습비는 어쩐지 아주 비쌀 것 같은 느낌이 드니까. 그런데 음대 오빠가 자기 친구는 독실한 신도라고 여러 차례 강조하면서 아빠를 안심시켰다. 아빠더러 교습에 따라와도 좋다고도 말했다. 게다가 친구가 자원해서 기초 수업을 해 주기로 했으니 교습비도 필요 없다고 알려 줬다.

이렇게 고마울 수가. 내가 소원을 이룰 수 있게 하늘에서 엄마가 도와준 게 분명했다. 아마 엄마의 소원이기도 했을 테니까.

그 후 어느 날이었다. 빌려 온 드럼 스틱을 손에 들고 악보를 보면서 ‘툭탁툭탁’ 탁자를 두드리는 내 모습을 보고 아빠가 활짝 웃으며 말했다.

“참 알다가도 모를 일이야. 화장실에 가는 길도 무서워서 얼굴이 하얗게 질렸던 꼬맹이가 어느새 건장하고 힘센 드럼 연주가가 되다니!”

내가 퉁명스레 대답했다.

“꼭 그렇게 ‘건장하고 힘센’ 같은 말을 붙여야 해요? 저는 긍지가 있는 뚱보라고요. 우리 부농족의 자존심을 건드리면 가만히 있지 않을 거예요.”

옆에서 남동생이 끼어들었다.

“힘차게 드럼을 치려고 누나가 건장하게 태어난 거야.”

우리 가족은 예전처럼 아무 근심 없이 서로 농담하던 때로 조금씩 돌아가고 있는 것 같다. 아빠 말이 꼭 맞다.

“인생에선 결국 용감하면 되는 거야. 헤쳐 나가지 못할 난관이란 없거든. 이를 악물면 어떤 고생도 견딜 수 있지.”

아빠의 훈계는 언제고 이렇게 불쑥 치고 나온다.

중학생이 된 후 반에서 재밌는 아이들을 많이 만났다. 무슨 일이든 도와주는 상냥한 장량잉도 있고, 다른 도시에서 전학 온 과학 영재 페이쥔도 있고, 음료수든 치킨이든 팍팍 사 줘서 착하다고 명성이 자자한 다천도 있다. 다천은 내가 재즈 드럼 연주가가 되고 싶다고 말하자 집에서 CD 한 장을 가져다줬다. 안타깝게도 그건 일본의 태고● 연주로 재즈 드럼과는 전혀 달랐다.

가장 흥미로운 건 최근에 일어난 한 사건이다. 사실 사건이라고 말할 것까지도 없지만. 다천이 옆 반의 샤오펑에게 사랑을 고백하는 편지를 장량잉더러 대신 전해 달라고 부탁했다. 샤오펑은 전교에서 예쁘기로 유명한 여자애다. 난 그 애와 딱히 친하지는 않았지만 언젠가 하굣길에 마주쳤을 때 혹시 원주민 혈통이냐고 물어본

● 나무나 쇠붙이 따위로 만든 둥근 통의 양쪽에 가죽을 씌워 만든 북.

적이 있다. 고개를 숙인 샤오펑이 옅은 미소를 짓자 두 뺨에 귀여운 보조개가 생겼다.

"아닐 거야. 우리 엄마는 프랑스계 혼혈이고 아빠는……."

그 애는 잠시 멈칫하더니 고개를 저으며 말을 이었다.

"아무튼, 우리 가족 중에 원주민 혈통은 없어. 난 너처럼 눈이 크고 동그랗지도 않잖아. 넌 딱 봐도 예쁜 원주민 소녀인데."

아무래도 내가 '예쁜 소녀'의 반열에 낄 외모는 아니니까 방금 그 말이 분명 진심은 아닐 거다. 하지만 그 애가 말하니까 어쩐지 진짜 그런 것만 같고 기분이 좋았다.

내가 샤오펑의 어깨를 토닥이며 얘기했다.

"오늘부터 넌 내 친구야. 누가 괴롭히면 나한테 찾아와. 내가 대신 싸워 줄게."

그러자 샤오펑이 방긋 웃으며 말했다.

"고마워. 그런데 난 딱히 적은 없으니까 널 전투에 내보낼 일은 없을 거야."

어쩜 애가 이렇게 예쁘지. 생긴 것도 예쁘고, 말투도 상냥하고, 마음은 더 곱다. 상대를 존중하는 태도만 봐도 가정 교육을 얼마나 잘 받았는지 느껴졌다. 귀한 집안 출신인 게 틀림없다. 엄마는 혼혈 미인이고 아빠는 엄청난 회사의 사장이겠지. 그런 생각이 들자 문득 가슴이 살짝 저렸다. 우리 엄마가 조금만 날씬했다면 굉장한 미인이었을 텐데. 난 늘 엄마의 이목구비가 혼혈인 같다고 생각했다. 예전에 친척 한 분이 이런 말을 한 적도 있다.

"너희 엄마가 젊었을 때 하마터면 영화배우가 될 뻔했단다."

'하마터면'이라고? 어떤 일이 있었는지 이젠 엄마한테 물어볼 수도 없는데.

나는 엄마의 바람대로 드럼 연주가가 되기로 마음먹었다. 그런데 드럼 사부님은 내가 소질이 없다고 넌지시 알려 줬다.

"그냥 취미로 즐기면 돼. 드럼 연주가의 길이 쉽지는 않거든."

사실 이 말은 이런 뜻이기도 했다. 넌 타고난 재능이 부족하니까 그 길을 택해선 안 돼.

나도 내 평생 드럼 연주의 대가가 될 가망이 없다는 건 잘 안다. 하지만 내가 드럼 연주가가 되는 게 '엄마의 바람'이라는 가정이라도 없다면 난 또 무슨 수로 꿋꿋하게 살아갈 수 있을까? 우선은 그걸 핑계로 더 용감하게 살다 보면 나중엔 정말로 용감해지겠지. 드럼을 치는 건 의식으로도 괜찮은 것 같다. 온몸의 힘을 끌어모아 드럼을 두드리면 무질서한 듯 은근히 규칙적인 리듬 속에서 더없이 자유롭고 힘찬 부농족의 새가 된다. 어두운 숲속을 날아도 조금도 두렵지 않다.

내가 이렇게 씩씩하고 굳센 부농족 소녀로 자란 걸 엄마도 알고 있겠지? 나는 인생의 길 위에서 아주아주 힘찬 리듬을 만들 거고 누구나 칭찬하는 착한 사람이 될 거다.

세심한 샤오펑의 이야기

나는 샤오펑이다. 평소에 내가 말수가 적은 건 사람들을 하나하나 살피고 챙기는 데 온 정신이 쏠려 있기 때문이다. '세심'과 '배려'는 나의 좌우명이다. 난 누구에게든 절대로 밉보이지도 상처를 주지도 않을 것이다. 사실 이 모든 건 내가 다치고 싶지 않아서지만.

예전에 어떤 소설에서 이런 글귀를 본 적이 있다.

'누군가에게 잘못한 일이 없는지 한밤중 꿈속에서 곱씹는다.'

솔직히 말해서 내가 한밤중에 가장 걱정되는 것은 수면 부족이다. 이튿날 일어나서 얼굴이 초췌하면 곤란하니까. 이렇게 중요한 시간에 반성하고 참회하다니, 무슨 위대한 현자라도 되나? 정말이지 너무나 이상하고 억지스럽다.

하지만 바로 다음 순간 내 머릿속엔 이런 생각들이 떠오른다.

'아까 인스타그램에서 누구누구한테 '좋아요' 눌러 주는 걸 깜빡

한 것 같아. 이따 꼭 챙겨서 눌러야지. 참, 우리 반 단톡방에 재밌는 영상이 올라왔던데 고맙다는 이모티콘 보내는 걸 잊었네.'

어휴, 지금껏 나는 수없이 다짐했다. 온 세상 사람들의 비위를 다 맞추려는 생각은 이제 관두자고. 그렇지만 나의 유전자에는 '남에게 잘해야 한다.'라는 지령이라도 새겨져 있는 것 같다.

윗집에 사는 장량잉에게도 그랬다. 유치원 때만 해도 우리는 함께 등원했는데 초등학교에 올라간 후로는 반이 갈리면서 소원해졌다. 엘리베이터에서 그 애와 마주치면 늘 고민에 빠진다.

'무슨 말을 하면 좋지? 너희 집 발코니에 핀 꽃이 참 예쁘다고 칭찬할까? 머리 모양이 멋지다고 할까? 아저씨와 아주머니의 안부를 물을까……?'

매번 어떤 질문이 가장 좋을지 결정하기도 전에 엘리베이터가 우리 집 층에 도착한다. 그럼 나는 잰걸음으로 그 어색한 장소를 서둘러 벗어나곤 했다.

아마도 녀석이 집에 가서 자기 엄마한테 이를 게 틀림없다. 내가 무례하고 쌀쌀맞고 괴팍하다고. 난 아주머니가 우리 집을 이상하게 보면 어떡하나 걱정돼서 한숨이 절로 나왔다. 아주머니는 모두와 친해 보였고 1층에서 건물 관리원 아저씨와 웃으며 얘기하는 모습도 여러 번 봤다. 아주머니가 그 아저씨에게 슬쩍 얘기할지도 모른다.

"3층에 사는 샤오펑 말이에요, 애가 거만하더라고요."

큰일이다. 아무래도 다음에 초콜릿 한 상자를 사다가 아주머니와 관리원 아저씨에게 선물해야겠다. 아주머니를 또 보면 그땐 밝게 웃으며 안부도 꼭 챙겨서 물어야지.

난 너무나 소심해서 미리 생각해 둔 일을 하나도 실행에 못 옮길 때가 많다. 게다가 골치 아프게도 꿈속에서도 온통 이런 일들을 곱씹는다.

다음 날 학교에서 수학 선생님이 교과서 안의 예제를 열심히 설명하는 동안 내 머릿속은 딴생각으로 가득했다. 이따 수업이 끝나면 어제 산 재즈 드럼 연주 CD를 가방에서 꺼내서 옆 반의 판판에게 갖다줘야지. 전날 얘기해 보니 아주 착한 애 같았으니까 친구로 사귀면 좋을 거야. 난 미리 어떻게 행동할지 생각했다. 책가방을 열고 CD를 꺼내서 옆 반으로 걸어간다. 왜 이렇게까지 꼼꼼하게 챙기냐고? 잊어버릴까 봐서다. 이따 수업이 끝나면 내가 처리할 일이 모두 세 가지인데 이게 가장 중요하다.

엄마는 매일 나보다 일찍 집을 나서서 지하철로 세 정거장 거리에 있는 회사에 출근한다. 출퇴근 시간은 붐벼서 싫다며 일부러 일찍 나가서 늦게 퇴근한다. 사람이 많은 곳에선 바이러스에 감염될 위험이 증가한다나. 사실 엄마는 결벽증이 조금 있어서 지하철을 탈 때면 항상 마스크를 쓴다.

난 철이 들자마자 엄마가 엄청난 미인이라는 걸 알았다. 프랑스인 외할아버지와 대만인 외할머니 사이에서 혼혈로 태어난 엄마는 한때 모델로 일한 적도 있다. 그러다 외할아버지의 명령으로 대학원을 마친 후 회계사 시험을 봤고 지금은 큰 회계 법인에서 근무한다. 화려하고 멋진 모델 생활과 이별한 게 후회스럽진 않을까? 나는 궁금해서 엄마에게 물은 적이 있다.

"전혀. 모델 일을 얼마나 오래 할 수 있겠니? 아무래도 회계사가 수입이 안정적이지."

하지만 엄마의 대답엔 굉장히 중요한 사실 하나가 빠졌다는 걸 나는 잘 안다.

"게다가 애가 생겼으니까."

나는 자라면서 내 '탄생의 비밀'을 조각조각 모아서 맞추기 시작했다. 엄마가 모델이었을 때, 엄마는 한 남자 배우와 사랑에 빠졌고 임신한 후에야 그가 유부남인 것을 알게 됐다. 지금껏 나도 직접 만나 본 적이 없는 아빠는 당시에 유명 연예인이었고 인기를 잃을까 봐 결혼 사실을 공개하지 않았을 뿐 부인과 자식 둘을 두고 있었다.

난 그게 일종의 사기 범죄가 아닌가 싶은데 엄마는 아주 담담하게 말했다.

"감정이란 게 속이고 말고 할 게 뭐 있겠니, 그냥 마음이 시키는 대로 한 거지."

엄마, 지금 무슨 드라마 대사라도 읊는 거예요? 나는 속상해서 며칠간 엄마와 말도 하고 싶지 않을 정도였다.

엄마는 꿋꿋하게 나를 낳았고 외할아버지는 노발대발했다. 화가 나는 건 나는 거고, 어쨌든 외할아버지는 눈에 넣어도 안 아픈 외동딸을 집으로 데려와 보살폈다. 내가 태어나자 외할아버지와 외할머니가 나를 돌봤고 엄마는 외할아버지의 뜻에 따라 학교에 돌아갔다.

엄마가 순조롭게 일자리를 얻고 나도 곧 초등학교에 들어갈 무렵 외할아버지가 친히 답사까지 한 후에 우리 모녀가 살 집을 얻었다. 큰 공동 주택 건물 3층으로 지하철역이 가까이에 있고 엄마의 사무실과도 많이 멀지 않은 곳으로 말이다. 외할아버지가 알아본 바에 따르면 여기 학군의 초등학교와 중학교가 평판이 꽤 좋다고 했다.

외할아버지는 대학교 교수이고 외할머니는 공무원으로 일하다 은퇴하셨다. 두 분은 나를 무척 아끼면서도 가정 교육만큼은 "이게 다 너를 위해서란다."라는 말과 함께 무척이나 엄하게 했다. 아마도 엄마가 겪은 '불행'에 너무 놀란 나머지 그런 게 아닌가 싶다. 꽃같이 예쁘고 공부도 잘한 딸이 남의 내연녀로 몰락할 줄은 꿈에도 몰랐을 테니까.

'내연녀'라는 게 드라마에나 나올 법한 단어라는 건 나도 안다.

아빠는 어디 있냐고 내가 물을 때마다 외할머니가 늘 이렇게 말하곤 했다.

"해외에 있단다."

외할아버지는 이 화제에 끼고 싶지 않은 듯 굳은 표정을 지었다. 엄마마저 입을 꾹 다문 채 나에게 저리 가라고 손짓했다.

"면접 준비해야 하니까 방해하지 말아 줄래."

그러던 어느 날, 마치 드라마 속 한 장면처럼 한밤중에 잠에서 깨어 물을 마시려고 나왔다가 외할머니와 외할아버지의 대화를 몰래 듣게 됐다.

"애한테 언제쯤 말하면 좋죠?"

"적당한 시기를 찾아야지. 상황을 좀 더 지켜보자고."

"이제 곧 유치원에 들어가잖아요. 선생님들에게 알리긴 해야 할 거예요."

"세상에 떠벌리고 싶어서 안달이라도 났어? 우리 딸이 사생아를 낳은 데다 남의 내연녀였다고?"

나지막이 말하던 외할아버지는 순간 화가 나서 언성을 높였다.

나는 살금살금 방으로 돌아왔다. '사생아'와 '내연녀'라는 게 뭔지 다음 날 엄마한테 꼭 물어봐야겠다고 생각했다. 외할아버지의 중국어 억양은 외할머니와는 상당히 달라서 남들은 종종 못 알아듣기도 했지만 내게는 전혀 문제가 되지 않았다. 외할아버지는 내게 프랑스어와 중국어를 함께 배우게 했고, 내가 좀 더 크면 프랑스에 데려가서 살겠다는 말도 자주 했다. 그때마다 외할머니가 외할아버지의 생각에 반대하며 말다툼을 벌이곤 했다. 여기서 사는 게 더 좋고 건강 보험 혜택도 더 많다면서 말이다.

사실 이 문제를 생각하면 나는 눈앞에 갈림길이 놓여 있는 듯 조금 막막하다. 어느 쪽 길을 선택하면 좋지? 그 길이 나를 어디로 데려갈까?

모든 아이가 그렇겠지만 당연히 나도 아빠가 있었으면 싶었다. 유치원 아이들은 모두 아빠가 있는 것 같았다. 오직 나 혼자만 유치원 행사에 외할아버지, 외할머니, 그리고 엄마까지 셋이 왔다.

그 당시에 아빠가 오지 않은 이유를 외할아버지가 뭐라고 설명했는지 사실 나는 잘 모른다. 그저 외할머니가 손수 만든 케이크를 종종 유치원 간식으로 가져왔던 것만 기억난다. 외할머니의 케이크는 선생님들조차 5성급 호텔에서 파는 것보다 더 맛있다고 칭찬할 정도였다. 외할머니는 유치원에서 옛날이야기를 들려주기도 했다. 신이 난 아이들은 외할머니를 '이야기 할머니'라고 부르며 폴짝폴짝 모여들어서는 옛날이야기를 들려 달라고 졸랐다. 어떤 때는 나조차 밖으로 밀려날 정도였다.

그때마다 외할머니는 내게 손을 흔들며 말했다.

"이따 집에 가서 다시 들려주마."

그럼 난 고개를 끄덕이며 '이야기 할머니'를 아이들에게 시원스레 양보했다.

외할아버지와 외할머니는 내가 초등학교에 올라간 후에도 저학년 때까지는 같은 작전을 썼다. 그러다 내가 2학년이 된 어느 날 엄마가 외할아버지에게 이렇게 말했다.

"아버지, 우리를 돌봐 주셔서 정말 고마워요. 하지만 내일부턴 우리 모녀 일에 간섭하지 말아 주세요. 우리가 독립할 수 있게요."

외할아버지가 몹시 언짢은 표정으로 눈을 부릅떴다.

"무슨 소리야? 우리가 샤오펑을 아끼는 게 뭐가 잘못됐냐?"

“샤오펑의 동급생과 선생님들에게 덮어놓고 잘 보이려고만 하는 게 무슨 의미가 있어요? 언제까지 그렇게 남의 환심을 살 수 있겠어요?”

엄마의 표정도 못지않게 서늘했다.

환심을 산다고? 난 그게 무슨 뜻인지 내일 엄마한테 꼭 물어봐야겠다고 생각했다. 물론 엄마의 기분이 괜찮다면 말이다. 예전에 내가 “내연녀랑 사생아가 뭐야?” 하고 물었을 때 엄마가 나를 거들떠보지도 않아서 스스로 터득한 방법이다.

그런데 어느 날 외할아버지가 내게 직접 비밀을 이야기해 줬다. 아마 그날이 외할아버지가 말한 ‘적당한 시기’였나 보다.

외할아버지가 내 머리를 땋아 주고는 입을 열었다.

“샤오펑의 머리카락은 갈색빛이 도는 게 날 조금 닮았구나.”

외할아버지는 거울에 비친 나를 보며 미소 지었다.

“샤오펑, 외할아버지랑 외할머니 사랑하니?”

나는 당연히 세차게 고개를 끄덕였다.

“우리 지금처럼 지내는 거 정말 좋지, 안 그러냐?”

외할아버지의 말은, 나와 엄마가 단둘이 살면서 가끔 외갓집에 들러 다 같이 밥 먹고 얘기 나누며 외할머니의 5성급 호텔 빰치는 디저트를 즐기는 것을 뜻했다. 나는 물론 대만족이었다. 외할머니의 마카롱은 백화점에서 파는 것보다 백만 배는 맛있으니까.

“그러니까, 아빠가 없어도 괜찮지? 그렇지, 샤오펑?”

나는 고개를 끄덕이지 않았다.

외할아버지가 계속해서 말했다.

"네 아빠가 외모는 굉장히 훌륭하다만 안타깝게도 인성과 품행은 외모만큼 훌륭하지 않단다. 네 엄마를 속였거든. 그러니까 우리 그런 나쁜 아빠는 생각하지 말자."

난 머릿속이 온통 하얘졌다. 대체 뭐라고 대답해야 하지?

그때 외할머니가 옆에서 끼어들었다.

"외할아버지 말 듣지 마라. 네 아빠가 나쁜 사람은 아니야. 아빠도 엄마처럼 너를 진심으로 사랑한단다. 그저 다른 여자를 먼저 만났고 애가 있는 것뿐이야. 그래서 법에서 정한 규칙에 따라 네 엄마랑 결혼할 수 없는 거고."

법까지 운운하다니 외할머니는 역시 공무원 출신다웠다. 그 순간 나는 '나의 존재가 불법'이라는 것을 깨달았다.

"아니, 넌 법적으로 영원히 네 아빠의 딸이야. 아빠랑 아빠의 부인이 그래도 몰상식한 사람들은 아니라서 너를 받아 줬거든. 현행법상 넌 네 오빠, 언니랑 동등한 지위를 갖고 있단다."

외할머니는 아주 명확하게 설명하면서도 마지막엔 이렇게 덧붙였다.

"물론, 우리는 널 절대로 그 집에 보내지 않을 거야. 금쪽같은 우리 손녀를 어디로 보내겠니."

외할아버지가 내 머리를 쓰다듬으며 외할머니와 한편이 되어 말했다.

"그럼, 그럼. 샤오펑, 너도 낯선 집에 가서 사는 것보단 우리랑 함께 있는 게 좋겠지? 그 집엔 맛난 크레이프도 없을걸."

'사생아'를 낳았다는 건 엄마가 법적 권리가 없는 제삼자, 즉 내연녀라는 뜻이었구나. 하지만 내연녀의 아이도 생부가 받아 주면 정식 자녀와 똑같이 법적으로 아빠가 생기는 거고.

외할머니가 예를 들어 줬다.

"나중에 네 아빠가 세상을 떠나면 너도 재산을 상속할 권리가 있는 거야."

외할아버지는 외할머니가 든 예가 좋지 않다고 말했다. 괜히 남을 저주하지 말라고, 게다가 우리는 그 집안의 유산 따위는 필요 없다고 말이다.

외할아버지가 아빠와 '그 집안'을 몹시 언짢아하는 게 느껴졌다.

그런데 난 아빠와 법률상의 오빠, 언니를 만나고 싶나? 살짝 그러고 싶다가도 싫은 마음이 들었다. 솔직히 내가 가장 궁금한 건 이거다. 아빠는 나를 만나고 싶은 걸까?

난 용기 내어 엄마에게 이 일을 물었다. 엄마는 미간에 주름이 잔뜩 진 채로 한참을 생각한 끝에 대답했다.

"언젠가 기회가 있을 거야, 알겠지?"

그러고는 나를 위로하려는 듯 말했다.

"아빠도 네가 보고 싶을 거야. 아빠한테 네 사진을 보내 줬더니 정말 기뻐하더라."

이 일은 그렇게 일단락됐다. 그 뒤로는 아무도 말을 꺼내지 않았고 나도 눈치를 채고는 더 캐묻지 않았다. 나는 엄마가 말한 '언젠가 찾아올 기회'를 꾹 참고 기다리고 있다. 자기 아빠를 만나기 싫은 사람이 있을 리 없잖아? 막상 그 기회가 찾아왔을 때 그다지 유쾌하지 않더라도 말이다.

초등학교 3학년 때였다. 어느 날 건물 관리원 아저씨가 안내장을 줬다. 중추절• 저녁에 집 앞 광장에서 바비큐 파티가 열릴 예정이며 주민들의 참여를 기다린다는 내용이었다. 내가 안내장을 전하자 엄마가 어깨를 으쓱하며 물었다.

"고기를 구우면 일급 발암 물질이 나오는데, 너 가고 싶니?"

그렇게 물으면 '아니'라고 답할 수밖에 없지 않나?

하는 수 없이 나도 엄마를 따라 인상을 쓰며 대답했다.

"당연히 안 가고 싶지."

사실 난 바비큐가 맛있다고 생각했다. 하지만 우리 모녀가 파티에 가서 이웃들과 화기애애하게 어울리는 모습을 상상하자니 불편하기 짝이 없었다. 그제야 난 엄마가 이해됐고 안내장을 구겨서 버렸다.

중추절 당일 저녁에 엄마가 내게 외갓집에 가고 싶냐고 물었다. 엄마는 서둘러 처리할 일이 있어서 자리를 뜰 수가 없으니 외할머니께 나를 데려가라고 부탁하겠다고 말이다. 난 고개를 저었다. 외갓집엔 바비큐가 없으리란 걸 아니까. 외할아버지도 바비큐는 위

• 중국의 추석.

생적이지 않다고 굳게 믿는 사람 중 하나다.

밤이 되자 난 창문으로 바깥을 내려다봤다. 광장이 제법 붐볐다. 여기저기 작은 바비큐 화로 옆에 사람들이 모여 담소를 나누고 있었다. 꼬마 아이들은 저마다 고기 꼬치 하나씩 들고 뛰어다니며 놀고 있었다. 나는 자리를 잡고 앉아 멍하니 지켜봤다.

"냄새가 정말 좋구나."

엄마가 다가와 내 어깨를 안았다.

"엄마가 어렸을 땐 중추절 밤에 온 가족이 함께 달구경을 했어?"

내 말에 무언가 추억이 떠오른 듯 엄마의 얼굴에 웃음이 번졌다.

"그랬지. 해마다 중추절이 되면 네 외할아버지가 외할머니와 엄마를 데리고 산에 올랐단다. 산 위에서 보는 달이 더 둥그렇다면서 말이야. 우린 모기를 쫓으며 월병과 유자를 먹었어. 유자 껍질을 벗겨서 우리 집 강아지 머리에 씌워 주기도 했는데. 하하하, 정말 귀여웠지."

난 이야기를 들을수록 침울해졌다. 엄마의 추억에 등장하는 단란한 가족은 내가 영원히 누릴 수 없는 것이었다. 엄마가 내 기분을 알아챘는지 입을 다물었다.

잠시 정적이 흐른 뒤, 엄마가 방을 나가더니 영화 잡지 한 묶음을 들고 돌아왔다.

"이 사람이 바로 네 아빠야. 봐, 참 멋지게 생겼지? 네 눈은 아빠를 쏙 빼닮았어."

잡지마다 표지 모델이 다 같은 사람이었다. 내가 한 번도 본 적이 없는 아빠였다.

나는 아빠가 얼마나 멋진 얼굴인지 따질 기분이 아니라서 그저 이렇게 물었다.

"그 뒤로 아빠를 다시 만난 적 있어?"

"응, 몇 번 만났어. 맞다, 네가 태어났을 때 아빠가 너 보러 병원에 왔었어."

말을 마친 엄마가 나를 품에 안고 속삭였다.

"엄마가 너한테 정말 미안해, 아빠 없이 자라게 해서."

내 손등에 뚝뚝 떨어진 엄마의 눈물이 차가웠다. 눈물은 원래 뜨겁지 않나?

그때 갑자기 누군가 현관문을 두드렸다.

엄마는 눈물을 닦은 후 나와 함께 거실로 나갔다. 5층에 사는 장량잉의 엄마였다.

아주머니는 샌드위치 두 개와 구운 채소가 담긴 접시를 들고 있었다. 우리에게 주려고 가져왔다며 이렇게 물었다.

"샤오펑한테 우리 장량잉이랑 함께 놀라고 하면 어때요?"

그러자 엄마가 뜻밖에도 이렇게 대답했다.

"어머, 저희도 마침 내려가려던 참이었어요. 오늘 일이 좀 늦게 끝났지 뭐예요. 그래도 바비큐 재료는 다 챙겨 놨어요."

누가 마술이라도 부린 걸까. 엄마는 알루미늄 포일에 싸인 재료 꾸러미를 냉장고에서 꺼내더니 나를 잡아끌었다. 우리는 아주머니를 따라 엘리베이터에 올랐다.

우리는 아주머니네 바비큐 화로에 합류했다. 장량잉은 나를 보고 씩 웃더니 자리를 내주며 말했다.

"난 많이 먹었어."

그러자 나도 모르게 이렇게 대답했다.

"나도 배 안 고파. 조금 전에 저녁 먹었거든."

아주머니가 친절하게 나서서 말했다.

"아들, 샤오펑 데리고 우리 집에 가서 놀아. 새로 산 장난감도 보여 주고."

장량잉이 난감한 표정을 지으며 조그맣게 얘기했다.

"여자애들은 남자애들 장난감엔 관심이 별로 없다고요."

"괜찮아, 그래도 한번 구경시켜 주렴."

아주머니가 계속 밀어붙였다.

그러자 엄마가 나를 도와주려고 다른 아이디어를 냈다.

"샤오펑, 장량잉이랑 우리 집에 갈래? 외할아버지가 선물한 성곽 레고를 아직 다 못 만들었잖니. 장량잉한테 도와 달라고 해서 둘이 함께 조립해 봐."

그렇게 해서 나는 얼굴이 온통 새빨개진 장량잉을 데리고 우리 집으로 향했다.

그날 밤 엄마는 상냥한 이웃의 역할에 아주 충실했다. 꼭 예전에 외할아버지와 외할머니가 그랬던 것처럼 더없이 착한 사람의 모습으로 사람들을 흡족하게 했다. 외할머니가 프랑스식 과자를 수없이 구워다가 유치원 선생님과 아이들의 입을 틀어막았던 것처럼 말이다. 그렇게 해야 그들이 나한테 이런저런 질문을 하지 않고 맛난 과자에만 관심을 쏟을 테니까.

"너희 외할머니 솜씨가 정말 좋으시더라. 과자가 굉장히 맛있던데, 언제 또 오실까?"

나도 장량잉 앞에서 착한 사람의 연기를 해야 할까? 혹시라도 녀석이 학교에 가서 우리 집에 대해 이러쿵저러쿵 얘기하지 않도록 미리 입막음하게?

레고를 꺼내 바닥에 쏟으며 내가 물었다.

"레고 조립해 본 적 있어?"

녀석이 고개를 저으며 조그만 소리로 말했다.

"꼭 레고를 갖고 놀지 않아도 돼. 괜히 우리 엄마가 맘대로 말해서, 창피하게."

우리는 아무 말 없이 거실에 앉아 텔레비전을 봤다.

우연인지 뭔지 마침 화면에 아빠가 나왔다!

새 영화의 광고 영상이었다.

나는 순간 멍해졌다.

내 반응이 심상치 않다는 걸 느꼈는지 장량잉이 고개를 돌려 나를 쳐다봤다.

수도관이 폭발한 것처럼 펑펑 쏟아지는 눈물이 두 뺨을 타고 흘러내렸다. 나는 소리까지 내며 흐느꼈고 울음을 멈출 수가 없었다.

장량잉이 당황해서 물었다.

"괜찮아? 내가 내려가서 아주머니 불러올게……."

나는 지난 10년간의 괴로움을 한 번에 털어 낼 것처럼 세차게 고개를 저었다.

"싫어, 싫어!"

유치원에 다닐 때 장량잉과 나는 손을 잡고 함께 등원했다. 한번은 녀석이 내 손을 너무 힘껏 쥐어서 내가 손을 휙 빼고는 발을 구르며 소리쳤다.

"너무 꽉 잡지 마."

녀석은 미안하다고 수줍게 사과한 뒤 다시 내 손을 살살 잡았다.

아마 우리가 한때 친했기 때문에 내가 긴장을 풀고 맘껏 울 수 있었나 보다. 녀석은 아무 말 없이 탁자 위에 놓인 티슈를 뽑아서 내게 건넸다.

실컷 울고 난 뒤, 나는 영화 잡지 뭉치를 꺼냈다.

"이 사람이 우리 아빠야. 근데 난 아빠랑 함께 살 수 없어."

녀석은 무척 놀란 듯했지만 애써 침착한 표정을 지으며 상냥하게 말했다.

"엄청 유명한 사람이잖아. 너 아빠를 좀 닮은 것 같다."

"흥, 누가 닮고 싶대."

난 일단 강한 척했다. 그러고는 말을 이었다.

"중학교를 마치면 프랑스에 가서 고등학교에 다닐 거야."

우리 외할아버지가 프랑스 사람인 건 장량잉도 알고 있다. 어릴 때 외할아버지가 우리 둘을 식물원과 곤충 박물관에 데려간 적이 있다. 외할아버지의 뜻이었다.

"샤오펑에게 좋은 인간관계를 맺는 방법을 가르쳐야 해. 남들이 쓸데없는 소리를 떠벌릴 틈이 없게 말이야."

그때는 외할아버지의 말이 무슨 뜻인지 잘 몰랐다. 외할아버지는 중국어로 말할 때 종종 심오하고 이상한 단어를 썼다. 외할머니가 내가 알아듣게 설명해 줬다.

"남에게 잘해 주면 그들도 마음이 약해져서 널 함부로 헐뜯지 않을 거라고."

엄마도 외할아버지와 외할머니의 영향을 조금 받은 것 같다. 남한테 따돌림당하거나 괜한 입방아에 오르내리지 않으려고 '일급 발암 물질'까지 준비해서 주민 모임에 참여하다니.

조금 전까지 바비큐 화로 옆에 있어서인지 아니면 수줍어서인지 장량잉의 얼굴은 여전히 빨갰다. 녀석이 영화 잡지 한 권을 펼치며 말했다.

"앞으로 네 아빠가 표지 모델로 나온 잡지가 보이면 내가 사다 줄게."

난 고개를 끄덕이다 다시 가로저었다.

"됐어, 나 영화에 관심 없어."

"그럼 네가 좋아하는 건 뭐야?"

한참을 생각해도 내가 대체 뭘 좋아하는지 도무지 떠오르지 않았다. 난 어차피 프랑스로 떠날 테니까 그 후에야 비로소 내 인생의 모든 것을 선택하고 결정할 수 있을 거라고 여겼다. 그러니까

지금은 그냥 기다리는 중이고.

어릴 때를 제외하고 장량잉과 얘기를 나눈 건 그때가 유일하다. '비밀스러운 속마음'을 털어놓은 것도 처음이었다. 그 뒤로 엘리베이터에서 마주치면 녀석은 얼굴만 빨개질 뿐 아무 말도 하지 않았다. 저번에 녀석의 얼굴이 빨개진 이유가 수줍어서였다는 걸 난 그제야 확신했다.

중추절 바비큐 파티가 끝난 후, 엄마에게 어째서 말과 행동이 달랐는지 물었다. 바비큐를 싫어하면서 왜 억지로 파티에 갔냐고 말이다. 엄마가 말했다.

"보호색 같은 거야. 무리 밖에 서 있기보단 그 속에 섞여 들어가는 거지."

엄마가 좀 더 설명했다.

"내가 사람들과 열심히 어울리면 그들이 내 약점을 들춰서 날 공격할 기회가 아무래도 줄어들 테니까. 하기 싫은 일을 하는 게 괴롭긴 하지만 그래도 성가신 일이 생기는 걸 막을 수 있지. 틀림없어, 엄마가 회계사라 셈은 정확하게 하거든."

엄마 말에 일리가 있는 것 같았다. 게다가 난 나중에 프랑스로 떠날 테니까 어차피 이곳의 사람들이나 일은 나한테 별 의미가 없게 될 것이다.

나도 '무리와 어울리기' 작전에 돌입했다. 남이 내게 미소를 지으면 나도 미소로 보답했고 누가 사탕 하나를 선물하면 난 사탕 한 상자로 답례했다. 그러다 나중엔 무언가를 받기도 전에 내가 먼저 기회를 봐서 작은 선물을 주기 시작했고 어느새 나는 인기 만점의 착한 소녀가 되었다.

아무도 나를 괴롭히지 않았다. 역시 엄마의 작전이 옳았다.

7학년 때였다. 어느 날 교문을 들어서는데 팡 씨 아저씨가 나를 불러 세웠다. 아이들 말로는 팡 씨 아저씨가 상냥해 보이지만 남 이야기하는 걸 좋아하는 사람이라고 했다.

"샤오펑, 여기 너한테 온 소포가 있어. 참, 그저께 네가 준 바나나가 참 맛있더라."

바나나는 외할아버지가 보내 준 거였다. 양이 너무 많아서 엄마와 둘이서는 다 못 먹을 정도였다. 그렇다고 친구들한테 선물하긴 뭣해서 고민 끝에 팡 씨 아저씨한테 준 것이었다.

소포는 참 이상했다. 내 이름만 적혀 있을 뿐 누가 보냈는지 알 수가 없었다. 교실에 갖고 가서 열어 봤더니 뜻밖에도 아빠가 보낸 외국 초콜릿 한 상자가 들어 있었다.

그날 수업 시간 내내 도무지 마음을 가라앉힐 수가 없었다.

엄마가 퇴근하기를 기다렸다가 즉각 이 괴상한 사건을 알렸다.

엄마는 소포 안에 들어 있던 편지를 살펴보더니 의아한 표정으로 말했다.

"그 사람이 직접 쓴 건가? 매니저가 대신 적은 걸 수도 있겠지."

누구의 글씨인지가 중요한 게 아니라고요!

"아빠가 어째서 갑자기 나한테 이런 걸 보냈을까?"

12년간 한 번도 만난 적 없는 딸에게 돌연 소식을 전해 온 이유가 그저 본인이 편지에 쓴 대로 '우리 부녀가 서로 알 때가 됐기 때문'인 걸까? 누가 자기한테 초콜릿을 받고 싶대? 내가 언제 연락해 달라고 했냐고!

엄마는 회계사 특유의 세세히 따지는 습관으로 아주 먼 미래까지 계산된 엄청난 답을 내놨다.

"어쩌면 네 아빠가 자기 애들이 싹수가 노란 걸 알게 됐는지도 몰라. 그럼 커서 돈벌이가 시원치 않을 테니까 나중에 자기가 늙었을 때 부양해 줄 사람이 없잖아. 그래서 좀 더 믿음직한 대비책을 찾으려는 거지."

엄마가 공상 과학 소설을 썼어야 했는데 아쉽다.

"그게 아니면, 조만간 폭로 기사가 터질 걸 알아채고 선수를 치려는 걸 수도 있고."

이 추리가 좀 더 현실적일 것 같았다.

엄마의 짐작이 정말로 딱 맞았다. 이튿날 연예 잡지에 기사가 떴다. 다행히 아빠 가족만 기사에 나오고 나와 엄마는 '여성 A씨와 사생아 딸'로만 언급됐을 뿐 누군지는 밝히지 않았다.

엄마가 잡지를 보고는 외할아버지에게 말했다.

"이제 됐어요! 일단 기사가 터진 후엔 다들 금세 무뎌져서 나중엔 관심조차 안 둘 거예요. 게다가 그 사람도 이제 나이가 들어서 인기가 예전 같지 않으니까 딱히 기삿거리도 안 될 테고요."

비록 말은 그렇게 했어도 그 뒤로 며칠간 엄마는 나더러 조심하라고 일렀다. 길에서 낯선 사람이 말을 걸면 그게 누구든 절대로 받아 주면 안 된다고 말이다. 엄마는 그래도 마음이 안 놓였는지 외할아버지와 외할머니한테 일주일간 아예 우리 집에서 지내면서 나의 등하굣길을 살펴 달려고 부탁했다.

나도 가슴이 두근거렸다. 혹시 이 일로 아빠가 어떻게든 나를 만나려 들면 어쩌지? 그러면 이참에 외할아버지가 나를 일찌감치 프랑스에 보내려나?

결과적으로 내 걱정은 부질없는 것이었다. 다음 날 연예계 신문에서 전날의 잡지 기사에다 살을 보태 한 번 더 보도하면서 이틀 정도 시끄럽긴 했지만, 사진도 한 장밖에 실리지 않은 데다 며칠 지나자 기사 자체도 연기처럼 사라졌다. 마치 처음부터 아무 일도 없었던 것처럼 말이다. 이 일로 외할아버지가 은퇴하지도 않았고 당장 프랑스로 이민을 떠날 필요도 없었다.

세상에는 더 화끈하고 비릿한 스캔들이 차고 넘치니까 이까짓 소소한 가정사는 여러 번 보도할 거리도 안 된다는 게 엄마가 내린 결론이다.

그런데 나는 오히려 당황스러웠다. 어쨌든 처음으로 아빠한테 편지와 선물을 받았고 오랫동안 그저 속으로만 바라던 일이 벌어진 셈이었으니까.

역시 내게도 정말 아빠가 있었던 거다.

휴일을 맞아 엄마와 둘이 쇼핑하고 영화도 봤다. 엄마가 내 기분을 풀어 주려는 게 느껴졌다. 멀지 않은 곳에 살고 있어도 화성보다 더 멀리 있는 것 같은 아빠를 더는 떠올리지 않게 말이다.

난 엄마에게 물었다.

"엄마, 언젠가 재혼해서 나한테 아빠를 만들어 줄 거야?"

그러자 엄마의 눈에서 불꽃이 이는 듯했다.

"당황스럽게 하지 마, 부담도 주지 말고. 차라리 눈을 감으면 감았지 너한테 형식적인 아빠를 만들어 줄 생각은 없으니까."

팡 씨 아저씨를 통해 두 번째 소포를 받았을 땐 정말이지 하늘을 날듯 기뻤다. 팡 씨 아저씨가 물었다.

"혹시 남자친구가 보낸 거냐?"

난 너무 기쁜 나머지 엉겁결에 사실대로 말하고 말았다.

"아빠가 보낸 거예요."

말을 내뱉자마자 큰일 났다는 걸 깨닫고는 서둘러 교실로 뛰어갔다. 에라 모르겠다, 아무튼 아빠는 나를 항상 생각하고 있었던 거야. 이번에 아빠가 보낸 선물은 내가 가장 좋아하는 과자였다. 역시 아빠와 딸이라서 마음이 통했던 걸까?

아빠의 편지는 아주 짧았다. 지난번과 마찬가지로 나한테 미안하단 말과 앞으로 내가 잘 자라서 언제나 행복하고 성공하기를 바란다는 내용이었다.

난 가슴이 벅차올랐다. 이번엔 엄마한테 알리지 않고 그냥 내 마음속에 간직하기로 했다. 어찌 됐든 아빠는 이 세상에 자신과 혈연으로 이어진 또 하나의 딸이 있다는 사실을 인식하고 있었던 거다.

누군가와 이 기쁨을 나누고 싶은 마음이 간절했지만 그렇다고 입 밖에 낼 수는 없었다. 엘리베이터에서 장량잉과 단둘이 마주쳤을 때 용기를 내어 웃었다. 그 애는 순식간에 빨갛게 달아오른 얼굴로 내게 미소를 지었다.

세 번째로 아빠의 편지를 받자 너무 기뻐서 심장이 터질 것만 같았다. 가슴속에서 아주 커다란 꽃이 활짝 피는 기분이었다. 이번엔 선물은 없고 편지뿐이었지만 선물은 중요하지 않다. 편지 내용은 간단했다. 앞으로 아빠가 짬이 나는 대로 소식을 전할 테니 만나지 못해도 자기를 미워하지 말라고 적혀 있었다. 내가 아빠를 미워할 리가. 아빠가 나를 잊지 않은 것만으로 고마웠다.

역시 내 인생은 황금색 빛줄기로 가득한 아침 햇살처럼 아름다운 것 같다. 앞으로 주위 사람들을 더 세심하게 챙기고 배려해야지. 사람들에게 잘해 주면 이 세상도 내게 보답할 테니까.

어느 날

등교하는 장량잉 앞에 페이쥔이 나타나 대뜸 말을 걸었다.

"장량잉, 어제 말이야, 내가 두메이셴 선생님이랑 암흑 물질의 어떤 주제로 토론했는지 알아?"

장량잉은 그저 말없이 미소만 지었다. 책가방 안에 새 영화 잡지가 들어 있다는 생각에 마음이 든든했다.

샤오펑에게 비밀 얘기를 듣고 난 뒤부터 장량잉은 영화 잡지를 좋아하게 됐다. 잡지를 갖고 있으면 마치 신뢰에 가득 찬 샤오펑의 눈빛과 목소리가 느껴지는 것 같았다. 그 기분이 장량잉에게는 더없이 소중했다. 게다가 샤오펑이 중학교 졸업 후에 프랑스로 떠날 예정이라는 사실을 아는 사람도 자신밖에 없을 테고, 그때가 되면 어떤 녀석이 무슨 연애편지를 보냈건 샤오펑한텐 그저 보잘것없는 기억으로 남을 게 뻔했다.

생각이 거기에 미치자 장량잉은 연애편지를 부탁한 다천이 조금 불쌍하기까지 했다. 어떻게 고백한들 부질없다는 걸 녀석은 모를 텐데. 마음먹은 건 무엇이든 척척 손에 넣어 왔고 그래서 대범하기 이를 데 없는 다천이라고 해도 샤오펑의 애정도 테스트에서는 빵점을 받을 게 확실하다.

페이쥔은 장량잉과 나란히 걸으며 과학 홍보 대사라도 된 듯 암흑 물질의 온갖 새로운 증거들을 줄기차게 설명했다. 만에 하나 암흑 물질이 우주에 미치는 영향을 제때 이해하지 못하는 날엔 착한 장량잉에게 불행이라도 닥칠 것처럼 말이다.

"있잖아, 암흑 물질과 일반 물질의 비율은 5 대 1이야. 생각해 봐, 우리 눈에 보이는 태양이나 행성, 기체 같은 일반 물질은 우주 전체의 질량과 에너지의 5퍼센트밖에 안 되지만 암흑 물질은 25퍼센트나 차지하고 있다니까!"

페이쥔이 갑자기 걸음을 멈추고 무언가를 골똘히 생각하더니 말을 이었다.

"안 보이는 게 보이는 것보다 영원히 많을 거야. 봐, 우주 이론이 꼭 인생철학 같지 않냐?"

장량잉은 고개를 끄덕이며 웃었다.

교실 안에서 판판이 두 눈을 반짝이며 손에 든 CD를 다천과 샤오리에게 보여 주었다.

"드럼 연주의 대가 스티브 갯의 앨범이야. 세상에, 진짜 대박이야. 대박!"

말을 마친 판판은 책상과 책상 사이를 폴짝폴짝 뛰어다녔다.

다천이 판판에게 소리쳤다.

"야, CD 플레이어 떨어지지 않게 조심해. 그거 비싼 거라고."

다천은 판판이 수업 후에 연주곡을 감상할 수 있게 집에 있는 고급 CD 플레이어를 가져다주기로 전날 약속했었다. 다천의 말이 떨어지자마자 샤오리가 잽싸게 달려가 그 값비싼 기기를 두 손으로 감싸 보호했다.

"근데 CD는 어디서 난 거야? 아빠가 사 줬어?"

다천이 물었다.

판판이 대답했다.

"그럴 리가. 샤오펑이 줬어. 나의 소중한 친구지."

판판은 그게 어쩌면 엄마가 샤오펑을 통해 어떤 메시지를 전하는 게 아닐까 싶었다. '씩씩한 우리 딸, 꼭 좋은 일이 생길 거야.' 하고 말이다.

다천은 이따 수업이 끝나면 기회를 봐서 장량잉과 얘기하기로 마음먹었다. 녀석이 샤오펑과 사귈 수 있게 도와주자고 이미 결심을 굳혔다. 장량잉이 아이들에게 늘 잘해 줬으니 이번엔 자신이 나서서 장량잉에게 친절을 베풀 차례라고 말이다. 어쨌든 누군가와 같은 물건을 놓고 다투는 일 따위는 다천에게 있을 수 없었다.

샤오리도 고개를 끄덕이며 다천의 의견에 동의했다.

"어제 장량잉한테 부탁한 편지 말이야. 장량잉이 이참에 샤오펑한테 말도 붙이고 고백도 해야 할 텐데."

다천이 말했다. 샤오리도 진지한 표정으로 머리를 끄덕였다.

사실 다천은 마음이 조금 아프긴 했다. 샤오펑은 작은 시냇물처럼 다천의 가슴속에 흘러 들어와 핏줄기를 타고 심장을 뜨겁고 격렬하게 흔들었기 때문이다. 하지만, 까짓것 줘 버리자! 다천은 그렇게 생각했다. 자신의 사전에는 '주지 않는다.'라는 부정어가 없으니까. 불쌍한 중생들을 거두어 보살피는 큰형의 역할엔 익숙해진 지 오래다.

그 편지는 사실 샤오펑의 외할아버지가 쓴 거였다. 딸한테서 "샤오펑이 아무래도 아빠의 관심을 원하나 봐요."라는 말을 듣고는 외할머니와 상의해서 생각한 방법이었다.

외할아버지와 외할머니는 사람들에게 언제나 친절했고 본인들이 끔찍이 아끼는 손녀에게는 말할 것도 없이 더 잘했다. 그러니 샤오펑이 아빠한테 버림받았다고 느끼면서 자라게 둘 수가 없었다. 요 몇 년만 잘 넘기면 샤오펑은 프랑스로 유학을 떠날 테고, 세월이 흘러서 어지간한 일엔 충격받지 않을 만큼 자라면 더는 상처받지 않을 것이다.

골치 아픈 문제는 단 하나, 학교 경비 팡 씨를 속이는 거였다.

그런데 의외로 아주 간단하게 풀렸다. 외할머니가 믿을 만한 사람에게 부탁해서 샤오펑 아빠의 매니저인 척 선물을 전했다. 이유도 적당히 둘러댔다.

"애 아빠가 늘 밖에서 정신없이 촬영하느라 딸을 보고 싶어도 시간 내기가 힘들어서요. 그래서 깜짝 놀라게 해 주려고 선물을 학교로 보내는 거예요. 아침에 등교하자마자 기분 좋게요."

팡 씨는 눈물을 글썽이며 선물을 맡아 주었고 이렇게 약속까지 했다.

"절대로 아무한테도 이 일을 말하지 않을게요. 부녀 사이가 참 애틋하네요."

솔직히 외할아버지는 그를 전혀 신뢰하지 않았지만 그건 중요하지 않았다. 샤오펑이 느끼는 마음의 상처를 최소한으로 줄이는 게 급했으니까. 언론사 쪽에서 일하는, 외할아버지의 친한 친구가 한 연예 잡지에서 기사를 쓰려는 걸 알고는 외할아버지에게 바로 귀띔해 준 터였다.

장량잉은 전날 다천에게 부탁받은 게 녀석의 고백 편지인 줄로만 여겼다. 그게 실은 샤오펑의 외할아버지가 만든 '사랑하는 아빠가 보낸' 편지라는 걸 알 도리가 없었다. 장량잉은 그날 일부러 아파트 건물 로비에서 샤오펑이 올 때까지 기다렸다.

둘이 함께 엘리베이터에 올랐을 때 장량잉이 편지를 꺼내 샤오펑에게 건넸다. 편지에 쓰인 글자를 본 샤오펑의 얼굴이 환해지더니 기쁨으로 반짝였다. 장량잉이 말했다.

"비밀은 지킬 테니까 걱정하지 마."

샤오펑이 활짝 웃으며 대답했다.

"고마워. 넌 정말 착한 애야."

설사 중매쟁이가 되어 남의 연애편지를 전했더라도 바로 이 미소, 이 말 한마디에 감격한 장량잉은 더할 나위 없이 기뻤다. 이번 생은 죽을 때까지 착한 사람으로 살겠다고 다짐했다.

두메이셴 선생님은 학생들이 낸 숙제를 첨삭하면서 페이쥔이 찾아와 항의한 일을 떠올렸다. 혹시 내 기준이 지나치게 높은 걸까? 그래서 어떤 학생들에겐 너무 가혹했던 걸까? 하지만 그렇게 안 하면 세상에 공정이란 게 있을 수 없다. 사람들은 그저 서로를 속고 속이며 적당히 뭉개면서 얼렁뚱땅 한평생을 보내려는 걸까? 더군다나 시험지 답안을 고쳐 달라니, 그 문제의 답은 아주 명확한데도 페이쥔 녀석이 억지를 부리는 게 틀림없다. 화가 치밀어 오른 두메이셴 선생님이 빨간 펜으로 커다랗게 가위표를 그렸다.

우주의 모든 사람은 하루 또 하루를 살아가고 그건 착한 사람도 마찬가지다. 모두가 좋은 아이들이고 다들 착해서 어떤 괴상한 일도 엄청난 일도 벌어지지 않았다.

착하다는 건 때로는 저주와 같습니다

"그녀는 스승의 날을 맞아 초등학교 시절의 선생님을 떠올렸습니다. 자신이 아직도 그때처럼 머리를 양 갈래로 땋은 채 교무실에서 선생님의 차를 따르던 착한 학생인 것만 같았지요. 아주 어릴 때부터 그녀는 알아챘습니다. 보채는 아이에겐 사탕이 생기지만 얌전한 아이에겐 온갖 특권 같은 임무가 주어진다는 사실을 말입니다. 그녀가 낮잠을 싫어하자 선생님은 착한 그녀에게 낮잠을 안 자는 못된 아이들을 감시하라고 시켰습니다. 억지로 자는 척하는 고통에서 벗어났을 뿐만 아니라 위풍당당하게 칠판 앞에 서서 감독관 역할을 하게 됐으니 그야말로 일석이조였습니다.

그녀는 선생님의 신뢰를 듬뿍 받으며 남부러울 게 없던 어린 시절이 지금껏 살면서 최고로 좋았던 때라고 손꼽습니다. 나이가 들고 나서는 착하다고 상을 받은 적이 없으니까요."

제가 수년 전에 인생을 탄식하며 쓴 글의 한 토막입니다. 세상을 살면서 과연 착해야 할까요, 착하지 말아야 할까요? 물론 답이 정해져 있는 건 아닙니다. 착하다는 정의는 사람마다 다를 테니까요. 다만, 제가 착한 아이들, 그러니까 적어도 사회에 물의를 일으키지 않을 인물들을 주인공으로 삼은 건 작가로서 좋은 선택은 아니었습니다.

소설에는 갈등이 필요하다는 점을 저도 잘 압니다. 그래야 극적인 긴장감이 풍부해지죠. '선과 악의 싸움'으로 들썩들썩하면 더없이 좋을 테고요. 아무런 재앙도 일어날 리 없는 평탄한 일상을 사는 아이들이 등장하는 소설이 과연 독자의 눈을 사로잡을 수 있을까요?

대부분의 소설 속에서 주목받지 못하는 평범한 인물들도 당연히 저마다 사연이 있습니다. 단지 그걸 아는 이가 많지 않을뿐더러 천하의 악당이나 영웅의 이야기처럼 흡인력이 크지는 않겠지만요. 그래도 언제나 우리 곁에 있고 눈만 들면 보이는 여러분이나 저 같은 사람의 이야기에도 누군가 귀를 기울여야 하지 않을까요? 이 책에서 쓰고 싶었던 게 바로 그겁니다.

저 역시 어릴 때부터 착해야 한다고 배웠습니다. 충효를 다하고 예의를 지키며 겸허하게 살아야 한다고 말이지요. 하지만 인생이라는 게임에서 '착하면 상이 뒤따른다.'라는 규칙이 늘 통용되진 않는다는 점을 점차 깨닫게 됐습니다. 온갖 일을 도맡아 하는 이가 오히려 혼자 책임을 떠맡는 경우를 본 적이 있거든요. 사람들은 매번 무슨 일만 생기면 꼭 그 사람한테 뒤처리를 부탁하곤 했습니다. 그는 "착한 사람 노릇도 참 힘드네." 하고 신세를 한탄할 수밖에 없었지요.

그렇다고 이제부터 착한 사람이기를 관두고 나쁜 사람이 되라는 말은 아닙니다.

저는 그저 선량함과 열정, 순종, 정의감, 대범함, 용기, 세심함과 같은 빛나는 성품이 보상을 주기도 하지만 때로는 마치 머리를 짓누르는 십자가와 같아서 아무리 아파도 비명조차 지르지 못하게 한다는 사실을 얘기하려는 것뿐입니다. 그래서 이 책의 차례를 성경에서 지적하는 일곱 가지 죄악을 열거하듯 설정했다는 사실을 아마 독자 여러분도 금세 알아챘을 듯합니다. 사람이 착하다는 것도 어떻게 보면 일종의 원죄와 비슷하니까요.

결론만 놓고 보면 착한 사람은 틀림없이 착한 행동을 하게 마련입니다. 하지만 착한 사람이 만들어지는 과정은 생각보다 제법 다채롭습니다. 그렇게 타고났을 수도, 강요당했을 수도 있겠지만, 그보다는 어쩌면 생존을 위한 보호색에 불과할지도 모릅니다.

저는 이렇게 묻고 싶습니다. 착한 사람은 칭찬받기를 원할까요? 그들이 원하는 게 박수일까요, 아니면 다른 것일까요? 착한 사람이 된다는 건 기쁨일까요, 슬픔일까요? 혹시 고통은 아닐까요?

타인에게 잘하는 게 도리겠지만 '넌 착하니까'라는 말과 함께 뒤따르는 무리한 부탁을 거부하고 호구가 되지 않을 권리도 있습니다. 사람은 누구나 자신의 얼마 남지 않은 사랑을 매번 남에게 나눠주기보다 관심과 사랑을 원합니다. 착한 사람도 마찬가지입니다.

왕수펀